SUCESOS DISPERSOS

Óscar Millán Vivancos

© 2017

Editado por Ediciones Alféizar

C/Francisco de Borja Pavón 1 - 1° - 2

14002 - Córdoba - España

Telef.: 34 600 792 762

Diseño portada. Enrico Pitton

Email: edicionesalfeizar@hotmail.com

Web editorial: www.edicionesalfeizar.com

ISBN: 13-978-84-947409-4-7

Depósito Legal: CO 1573-2017

A Mallorca y sus habitantes

ÍNDICE

NEREA NO SONRÍE……………………………………....9

UNA DOCENA DE HUECOS…………………………....12

EL MÁS SATISFECHO DE LOS HUÉSPEDES……………14

EL PUNKY…………………………………………....16

EL ADIÓS DE NEKANE………..……………………....28

IRINA, TATIANA Y LA OMNICORRUPCIÓN……………33

IDEAS OPUESTAS…………………………………....35

DUENDECILLOS NAVIDEÑOS…………………………....38

LA CHICA DE LA CAFETERÍA JUNTO AL MAR…………....43

NO QUIERO SER UNA DEMENTE MÁS……………....48

INFLUENCIAS…………....…....………………………....50

EL NUEVO AMIGO…………………………………....52

RECUERDOS DEL RÍO CHELO……………………………55

NADÁNDOTE……………………....…....………………....57

ELLOS ME ACEPTARON………………....…....…………59

APÁTRIDAS DEL PRESENTE…....……....…....…………....85

MICRO-MICRORRELATOS……………………………....87

ALAS DE BARRO………………………………………....111

NEREA NO SONRÍE

Aviso: esto no es el Diario de Bridget Jones. Segundo aviso: esto no es el Diario de Anna Frank. Tercer aviso: tampoco es esto el diario de Anaïs Nin. Esto (diario o lo que sea) es de Nerea, una servidora.

No me baja la regla. Llevo retraso. Tenía que haberme bajado ya hace un par de días y nada. No quiero pensar en lo peor. Claro, con Nacho hay mucha cosa, últimamente (por no decir que no paramos). Y claro: mola mucho la marcha atrás. (A él, él controla). Por ahora no quiero decirle nada. No quiero preocuparle. Bueno, realmente la única preocupada soy yo. Tal como es él posiblemente empezaría a dar saltos de alegría: le encantaría ser padre. Ya nos ves: los dos sin un duro, y con diecisiete años. No somos ni mayores de edad todavía, pero me juego lo que quieras a que Nacho estaría contento si supiese lo que me pasa. Qué horror. Qué fuerte.

¿Cómo le contaría a alguien cómo es mi país, cómo es la sociedad en la que vivo? Me refiero a alguien que no es de aquí, o que sí que es de aquí, o lo será, pero que aún no es de ninguna parte. Por intentarlo… No se puede describir como si fuese de un modo único. Es decir: algunas personas son de un modo, y otras son de otro. De hecho, pueden ser opuestas y mucho, unas a otras, hasta el punto de provocar una guerra civil que dure incluso tres años. Al menos lo fueron, fueron así. En ese sentido este es (o fue) un país dividido. Hay cosas que se pueden contar, pero que, si lo piensas, es difícil imaginarlas. He oído hablar a los más viejos (a mis abuelos) de cosas como las cartillas de racionamiento, y alucino. Alimentarse de unas pocas cosas, y que te tengan que durar una semana, o los días que sea… Sabemos cosas, pero son difíciles de imaginar. Eso de vivir en un país donde lo normal era todo eso debe ser muy raro. También oí hablar de que a los bebés se les daba torrijas con vino. ¿Me han traicionado mis recuerdos u oí de

9

verdad aquello alguna vez? Y si era así, ¿para qué era?, ¿para que se durmieran y no llorasen, o para qué?

Todo me parece muy fuerte, muy raro. Oír hablar de bestialidades, de hombres que atacaban, o asesinaban a miembros de las familias ricas (solo por esa razón: porque eran gente adinerada) y se jactaban de ello ante los miembros restantes, o niños, o más o menos niños, que participaron en la guerra, "La Quinta del Biberón", donde podía haber chavales de dieciséis años, por ejemplo... Que algunos tuviesen que renegar de sus amadas ideologías o demostrar que no eran aquellos a quienes estaban buscando, para salvar la vida... Todo eso pasaba, realmente. En fin: oyes historias pertenecientes a diferentes maniqueísmos. Unos te explican que los otros eran unos criminales monstruosos, y los otros te explican exactamente lo mismo (pero al revés: que los malos eran los buenos, y que los buenos nunca lo fueron).

Todo esto le contaría a alguien... por ejemplo, si fuese a haber alguien a mi lado desde ya hasta el resto de mi vida (o sea: hasta que se independice, claro, cada cual quiere buscar su camino en cuanto tiene su oportunidad). Al grano: como me haya quedado embarazada y haya ya un ser dentro de mí, puedo ir comenzando a ensayar mis explicaciones acerca del mundo en que vivimos. (Y eso estoy haciendo).

... Y el padre desaparecido. La hora que es y Nacho que todavía no me ha llamado. Eso es que debió salir con algún amigo ayer noche. Habrá estado de marcha, se debió encontrar con alguien y se fue a hacer unas cervezas por ahí... Y está sobando todavía a estas horas. Anda que no... Seguro. Y yo con estos nervios... Qué fuerte.

¿Qué pasará en cuanto le cuente a Nekane lo que me está pasando?: Que hará una lista de clínicas abortistas que encontrará en internet, me cogerá de los pelos y me llevará a alguna de ellas a que me saquen lo que sea. ¿Qué pasará en cuanto se lo cuente a Federica? Que me llevará

10

de compras, ilusionada, a visitar tiendas pre-mamá. Estoy hecha un puto lío, ¡Dios mío! Que solo tengo diecisiete años, ¡que no estoy preparada todavía para estos trotes! Jolín.

Y tú duermes ajeno a todo, como tu padre. Y yo aquí hablando con no sé qué. ¡Me estoy ya volviendo majareta y esto no acaba ni de empezar!

El mundo podría ser mejor de lo que es. Tu madre no es una conformista. He ido a alguna manifestación con Nacho (tu padre) y hemos gritado un poco. Nos hemos quedado afónicos alguna vez luchando por el planeta, para que puedas vivir en un mundo que todavía sea bonito y acogedor.

UNA DOCENA DE HUECOS

A veces alguien me pide que le cuente una anécdota. Repaso mi infancia con la memoria ágilmente y le cuento algo divertido que recuerdo al respecto. A veces es algo simpático que ocurrió debido a una situación en que aparecían expresiones ambiguas. Lo humorístico se puede producir debido a pequeñas equivocaciones. Una letra basta.

Cuando era pequeño, un día mi madre me apuntó algo en un trozo de papel, y me dio dinero. Quería que le hiciese un recado: me enviaba a la tienda de ultramarinos de la esquina a comprar. Bajé por las escaleras, que para bajar las prefería al ascensor, y salí a la calle. Enseguida llegué al pequeño y antiguo comercio. Al llegar allí y ver la nota que yo le mostraba, el tendero se fue pensativo a la trastienda a buscar alguna cosa, murmurando:

—No sé muy bien a qué se estará refiriendo esta buena mujer...

Pero aquel señor hizo lo que buenamente pudo, como veréis. Me trajo doce objetos diversos: una pieza de madera, otra de metal, una bolsa de plástico abierta vacía, una pelotita de ping-pong, etc. Puso las piezas de madera y metal delante de mí sobre el mostrador y dándoles golpecitos, me dijo:

—¿Ves cómo suenan? No hay nada dentro, solo aire... Están huecas por dentro.

—Sí... Ya...

Yo pensé que me estaban explicando algo raro y no entendía demasiado bien de qué se trataba. El comerciante, seguidamente, me dio un ticket y me cobró. Realmente parecía dudar, como si no supiese cuánto debía cobrarme, pero al final simplemente aceptó las monedas que yo le ofrecía. Volví a casa con todo aquello en los bolsillos y en cuanto llegué lo puse todo sobre la mesa de la cocina. Mi madre me puso cara rara en cuanto vio los objetos que yo acababa de adquirir para ella.

—¿Qué es todo esto? —preguntó.

—Lo que tú me has pedido —respondí yo encogiéndome de hombros.

—¿Yo? —su expresión era de asombro total.

Para colmo, llegó mi padre en ese momento, y nada más llegar se cayó en un agujero nuevo que había junto a la puerta de la sala de estar.

—Pero, hombre... ¿Por qué, de repente, hay un hueco aquí? —protestó mi progenitor levantándose.

Mi madre me pidió su nota, la que me había escrito para mandarme a comprar... y entonces, con ayuda de mi padre que era un fenómeno para resolver acertijos, comprendió el malentendido y todo lo que estaba ocurriendo a consecuencia de ello: ella lo que quería que le trajese era una docena de huevos, pero con las prisas había escrito: "una docena de huecos". Claro, ya lo entendí: el tendero no me dio huevos, sino huecos: agujeros, cosas huecas (una bolsa vacía, una pelota de ping-pong, un trozo hueco de madera...). Por suerte yo no había tirado el ticket. Así que mi madre bajó con todo aquello a la tienda, y pudo devolver esas cosas y cambiarlas por los huevos nuevos de gallina que ya necesitábamos en casa. Años después alguien me explicaría que "c" y "v" eran fonemas distintos, que intercambiándolos daban lugar a palabras distintas: una cosa son huevos, y otra huecos. Incluso el granjero puede encontrar cada mañana nuevos huevos de sus ponedoras, y esos huevos son siempre nuevos, pero también "huevos" y "nuevos" son palabras distintas, aunque solo las diferencie una letra. Moraleja: hay que fijarse bien en todo lo que se hace para no meter la pata.

EL MÁS SATISFECHO DE LOS HUÉSPEDES

El contraste era increíble. No parecía real. De día aquello era un caos, aparentemente. Cada verano iba a la isla más gente que el verano anterior, y de día los hoteles se veían tan transitados, y con tanto movimiento, como los grandes centros comerciales de la ciudad. ...Y, sin embargo, de noche... al menos allí, no se veía ni un alma. La tranquilidad era asombrosa.

Aquel huésped llevaba ya un largo par de años viviendo en aquel cuatro estrellas de primera línea de playa. Pasaba allí la temporada turística entera, desde que se abría el establecimiento hasta que lo cerraban para que sus empleados descansasen unos pocos meses. Se estaba muy a gusto, y el trato era bueno, de primera. Nuestro amigo se relacionaba principalmente (o únicamente) con algún trabajador del comedor, del turno de mañana, y con el conserje de noche. Ellos parecían entenderle más que nadie. Lo cuidaban con ganas. Se podría decir que lo mimaban.

De día se llenaba la zona de la piscina de turistas, así que este huésped, el más satisfecho de todos, el que más tiempo entre todos ellos pasaba anualmente en el hotel, huía del bullicio deambulando por el paseo de la playa hasta que llegaba la noche. Y, claro, tras el deambular, el hambre acecha, y, sigilosamente, uno se puede meter en el comedor cuando ya no hay comensales, a ver si hay algo por el suelo, e incluso en la cocina, una vez se han ido ya los cocineros, los ayudantes de cocina, los pinches y el fregaplatos.

Se acercó al hotel. Tenía hambre, como cada noche. Y allí estaba, como siempre, el conserje nocturno, recogiendo algunos vasos y ceniceros sucios que habían quedado sobre las mesas de la terraza. Esperó a que el chico volviese hacia recepción y entonces se tumbó sobre una de las hamacas vacías para hacer una siesta. La temperatura era agradable, y se podía estar muy a gusto durmiendo fuera.

Un par de horas más tarde, aprovechó que la puerta de cristal que daba salida a la piscina estaba abierta para refrescar el hall del hotel, y se coló dentro para pedir algo de cenar. Como no había nadie por allí, aparte del recepcionista de noche, nadie repararía en unos maullidos fuera de contexto.

El joven se dirigió al gran comedor. Allí echó una ojeada a las mesas vacías en las que habían cenado las últimas llegadas del día, buscando algo que poder dar a su amigo. Recordó haber visto gente que los alimentaba con restos de embutidos blandos, así que cogió algunos trozos de mortadela y de lonchas de pechuga de pavo que habían sobrado de las cenas frías y aún ocupaban los platos, y los colocó en un cenicero limpio, que iba a usar a modo de comedero. El felino lo estuvo siguiendo, muy pegado a él, desde el comedor hasta la zona de la piscina y las hamacas. Y se puso a comer el sabroso regalo, tan glotón. Estaba muy rico. Allí estuvo alimentándose hasta que oyó maullar a una gata en celo al otro lado de la piscina y, olvidándose repentinamente del manjar de charcutería, se fue hacia ella. El recepcionista nocturno suspiró al comprender la escena y recogió el cenicero con las sobras antes de que pudiera verlo algún cliente. Tiró los restos alimenticios en el cubo de los desperdicios de la cocina, frotó una servilleta de papel por dentro del cenicero para limpiarlo, y lo volvió a dejar sobre una mesa de la terraza susurrando para sí mismo: "Pues nada, amiguito, hasta mañana".

Aquel era un huésped diferente a los demás. No dejaba ni dejaría ninguna propina nunca. Pero era al que más apreciaba de todos el muchacho, ya que era el que más lo entretenía cada noche.

EL PUNKY

Todo lo que voy a contar a partir de ya, ocurrió hace algún tiempo, y es bastante lo que quiero expresar. Como de alguna forma ha de ser el comienzo, lo haré así:

Se abrió la puerta. Una silueta simpática, de nombre Miguel Angel, entró en la habitación. Era un chico de la misma edad que Leopoldo, el que había sentado viendo la tele. Lucía una desorientada media melena de un color oscuro y azulado, un color de fantasía. Se había distribuído el cabello a mano en mechones cónicos, acabados en punta, bañados totalmente en gomina extrafuerte. Con algo de imaginación, su cabeza podía recordar en forma y color a un erizo de mar o a un puercoespín terrestre, no se podía quejar. Aquel día se había vestido a conciencia. Entró sonriendo.

—Hala, ¡qué pinta! —profirió Leopoldo, dejando de mirar por un momento hacia el televisor.

El de aspecto más moderno cambió la sonrisa por un gesto de desaprobación hacia el comentario de su amigo.

—¿Qué pasa, no hay libertad para que cada cual pueda vestir como mejor le plazca?

—Por supuesto que sí, y ¿no la hay para que yo dé mi opinión?

Aunque dijese estas cosas, lo cierto es que a Leopoldo le había producido cierta emoción ver a su amigo Miguel Angel así embutido. Nacía en él un sentimiento que describiremos como envidia.

Así se comenzaba a anunciar cómo sería pronto el aspecto de ambos. Leopoldo también optaría por llevar el pelo revuelto (tenía otro estilo. Su amigo era más "académico", gomina, ropa cara, tintes…y él más artesano y natural.), los pantalones rotos con imperdibles incrustados y botines negros con cordones. Comenzó también a transitar por antros donde se apilaban fanzines, e incluso a redactar los suyos propios, opinando sobre todo lo que se le ocurría y añadiendo las noticias de su ambiente más próximo (tal día hay una fiesta, tal noche hay un concierto…).

Una tarde Leopoldo fue a buscar a Miguel Angel y se fueron a tomar un refresco. Se decidieron por la terraza de un bar para lucir sus nuevas imágenes, que ya incluían teñido de color y ojos pintados con rimel corrido y botas estilo militar en los pies.

Un camarero les preguntó y trajo enseguida unas bebidas. Estrenaron cenicero y paquete de tabaco rubio, prometiendo que pronto dejarían de fumar.

Miguel Angel introdujo un tema.

—Como te veo ansioso de criticar mi nuevo aspecto y de buscarle sentido o algún significado, te diré que he buscado estos días, y he encontrado mucha información acerca del llamado "movimiento punk", que además he leído para saber de que va esto que ahora represento.

—Eso está bien —aceptó Leopoldo.

—Ya sé que es algo que estuvo de moda hace más de 30 años.

—Lo cierto es que de vez en cuando nos recuerda que nunca se fue del todo.

—Sí, aunque con variantes, con novedades. Tal vez primero fue únicamente como un fenómeno musical. Durante otra temporada se comenzaron a ver los pelos de punta y con fijador, laca, con gomina

17

vamos. Después también mientras unos iban de cuero y con gafas negras, otros comenzaban a raparse las sienes y a vestir de negro. Aunque realmente eso en Londres quería decir que el punk se consideraba acabado, agotado. Fue a partir de 1979, entonces se habló de "After-punk", o "post-punk", "siniestros", "góticos"... Musicalmente hablando me refiero a Bauhaus, Joy Division , The Cure, Echo and the Bunymenn, The Psichedelic Furs...

—A mí siempre me gustaron mucho The Cure.

—Pero posiblemente sólo has conocido su faceta comercial y discotequera.

—The Cure es The Cure. Los conoce todo el mundo.

—Pues ahí donde los ves comenzaron haciendo música post-punk —Miguel Angel parecía ser una de esas personas que lo saben absolutamente todo.

—Pues vale, y todo eso —comentó Leopoldo ya algo aburrido—, ¿no tiene gran parte de comida de coco?

—Como todo. Porque fue una movida, o un movimiento. De hecho, puede que tenga que ver con las antiguas vanguardias artísticas.

—¿Eso qué es?

—Lo sabes, aunque puede que no te acuerdes. Pero seguro que lo has estudiado en el instituto. Habrás oído hablar del Expresionismo, del Dadaísmo, del Cubismo...

—¡Picasso! —exclamaba ilusionado Miguel Angel.

—Sí. Del Surrealismo...

—¡Dalí!

—Correcto —continuaba Leopoldo con su exposición—. Es decir: algo sabes de las vanguardias artísticas. Los punkis fueron como unos locos anti-todo que reivindicaban y rendían homenaje a las vanguardias. Y a la que más al Dadaísmo, posiblemente.

—¿Y qué decía el Dadaísmo? —se interesaba Leopoldo, ya más receptivo.

—El dadaísmo surgió tras la Primera Guerra Mundial y fue muy crítico. "Viva lo ilógico y lo irracional", decía, "viva el absurdo", más o menos, "ya que La Razón nos lleva a la destrucción de la civilización". Los dadaístas eran anárquicos, y muy bromistas. Uno pintaba unos bigotes a una copia de La Gioconda y ya decía haber creado un cuadro nuevo que antes no existía.

—¡Qué cara más dura! —protestó Leopoldo.

—Ya te digo. Como otro que cobró entradas para una exposición de cuadros invisibles, que eran más bien inexistentes.

—Imaginación había…

—¡Sí! Eso es. Eso es lo que quiero que comprendas. Que todo esto ha sido atacado, criticado, pero te aseguro que aquellos chicos de Londres de 1977 tenían mucha imaginación. Si vieses como he visto yo documentales sobre aquel año y los peinados y vestidos que se hacían verías que tenían muchas ideas, creatividad y vitalidad, y lo demostraban, y no hay porqué satanizar a los que eran poco más que niños.

—Dices 1977, pero ya había punkis antes —Leopoldo también parecía saber algo del tema.

—Yo creo que había punkies más o menos desde el 68, desde la época hippy. En el 74 los Ramones ya tenían una canción que se llamaba "Judy is a punk".

—Muchos dijeron durante años que los primeros punkies, los creadores de la movida habían sido los Sex Pistols, pero otros hablan de Lou Reed, de Patty Smith y de Iggy Pop.

—Ni idea —reconoció Miguel Angel.

Otra tarde, en la terraza de un bar en que coincidieron comenzó nuevamente un diálogo sobre el mismo tema.

Esta vez comenzó Leopoldo:

—Ya me he dado cuenta de que te ha contagiado de verdad la fiebre del "movimiento Punk".

—Estoy informándome mucho al respecto.

—¿Sabes que esto con lo que te identificas para pretender tener apariencia de joven moderno, tiene más de treinta años, que está pasado de moda, que tuvo su auge en Londres en 1977?

—Últimamente siempre te oigo decir lo mismo. Digamos que eso es verdad. Y, sin embargo, es relativo —esta vez fue Miguel Angel el que trajo algo de emoción.

—¿Qué quieres decir?

—Que si el punk estaba de moda en el 77, no nació ese año.

—¿Cómo que no? Johnny Rotten y Sid Vicious fueron sus padres, y la clínica de maternidad se llamaba los Sex Pistols.

—Pues no. A finales de los años 60 ya se hablaba de los punkis. Hay muchos que dicen que la cosa se barajó entre Lou Reed, de la Velvet Underground, Patty Smith e Iggy Pop.

—¿Los americanos? Creo que esto te lo dije yo el otro día —se acordó Leopoldo—. Lo cierto es que parece ser que los Ramones comenzaron a trabajar en este estilo antes que los Sex Pistols. Pero no tenían pinta de punkis, tal como esta palabra ha pasado a la historia, pelos de colores, crestas...

—Digamos —iba corrigiendo Miguel Angel, quien se había afeitado las sienes— que en Norteamerica el punk fue más un movimiento musical, una vanguardia del rock, mientras que los ingleses fueron más juguetones y carnavalescos, más payasos o tal vez más "choris". Los pelos de colores fueron ingleses. Aunque los Sex Pistols hicieron alguna versión de músicos americanos, rockeros como Eddy Cochran.

—Lo cierto es que esas pandillas que vestían de negro y tenían el cabello tipo palmera eran ingleses.

—Sí, pero eso ya se consideró after-punk, o post-punk —completó Miguel Angel—. En España se llamaron "siniestros", o "góticos" como los de hoy en día. Era algo más oscuro, de gentes que se paseaba por los cementerios y eran aficionados a las películas de terror. Gente un poco rara, vamos, pero que tendían a ser muy profundos y poéticos en sus razonamientos. Y ciertamente las pintas de los americanos que hacían "punk" o "garage" no se distinguían mucho de los amantes del rock duro o la música heavy. Los ingleses sí que tenían en el punk todo un modo de vida. El famoso punk de Londres de los años 70 se había extendido entre las clases más desfavorecidas y marginales, como en España el cantar flamenco, por ejemplo. Eran también punkis esos adolescentes que iban haciendo el gamberro por la calle. En aquella época había crisis fuerte en Inglaterra, y los trabajadores hacían muchas huelgas. Oye, me tengo que ir, que tengo ensayo.

—¿De qué? —preguntó Leopoldo mirando hacia arriba a un Miguel Angel que se incorporaba— ¿De teatro?

—No es el caso. Canto en un grupo.

—Pues, ¡mucha mierda, de todos modos! Como en el teatro.

—Ya. Pues muchas gracias.

Miguel Angel clicó en la máquina del autobús que hizo una señal en su bono, y se desplazó hasta el fondo del vehículo, donde miraría un diario gratuito.

Cuando algunos meses después se volvieron a encontrar Leopoldo y Miguel Angel, y se fueron a tomar algo la conversación fue diferente. Ambos ya conocían muchos grupos musicales. Ya bastante gente escuchaba música punk sin necesidad de adoptar ninguna estética determinada. Incluso era algo aparte de ideologías. Era bastante frecuente y normal en la juventud mayoritaria.

—Pues sí, sé que vinieron los Toy Dolls —comentaba uno de ellos apasionadamente.

—A esos sí que me hubiese gustado ir a verlos. Debe ser un concierto de los que no olvidas.

—Me pusieron las pilas para algún tiempo. Animan a los muertos.

—Sí sé que son muy rápidos y divertidos. Yo ahora me he grabado una selección de Nina Hagen.

—Alguna cosa buena tiene esa mujer. Tiene voz, por ejemplo. Yo estoy buscando las letras de las canciones. Me gusta saber qué canto. "Candy" de Iggy Pop me parece muy bonita.

—Búscate si quieres la versión en video de los Killer Barbies. No está mal.

—¿Has visto buenos conciertos últimamente?

—Estuve en uno de Sociedad Alcohólica, también en uno de hardcore en Barcelona, donde tocó un grupo británico y uno canadiense, y otro de La Polla Records y grupos de aquí.

—En ese estuve. Fue hace años.

—Han abierto un bareto que está bien. Ponen mucho punky. Pero igual te ponen a los Exploited, que a los Pixies.

—Ya no me gustan esos ambientes. Hay muy malas pintas.

—A mí eso me da igual. Yo solo voy a oír la música. Que se pueda oír Siouxie and the Banshees todavía en algún sitio, y Juliette Lewis and The Links está bien.

—Vaya. Claro que sí.

—Yo estoy contento porque ahora hay tres o cuatro radios libres nuevas, y ponen mucha música de ésta. Ayer tarde pusieron un concierto de Siniestro Total. Me lo grabé casi entero.

—¡Qué suerte! Si es el que editaron el año pasado, lo tengo, me lo compré. ¿Has oído un grupo de hace años de chicas que se llamaban "el seven"?

—¿"Ele siete"?

—Sí, "el seven", o algo así. Eran muy cañeras. Gritaban mucho, y metían mucha distorsión. Te lo grabaré.

—Yo últimamente escucho mucho a Jello Biafra, el que era cantante de los Dead Kennedys.

—Pues yo me compré barata una recopilación de punk alemán y un concierto de Die Toten Hosen, que es de lo que más sonó siempre allí.

—¿Qué quiere decir eso?

—"Los pantalones muertos", o "los pantalones asesinados", o algo así. No es que sepa cantar mucho el hombre, pero la música está bien. Tienen aparte de lo propio, alguna versión de los Ramones y sé que el cantante tiene una grabada con el de Bad Religion.

—Pues yo me voy mucho hacia esto, el punk americano: Bad Religion, Offspring…

Se vieron, y ¡mira que hacía tiempo que no se veían! Uno que seguía con la pinta que solía llevar, como para tranquilizar al resto. Como para que dijesen, "al menos hay los que nunca cambian". Y otros que no, que se aplicaban aquello de "renovarse o morir".

—Ey, ¡Leopoldo!

—¿Qué tal, Miguel Angel? ¿Tienes un momento?

—Sí. ¿Nos tomamos algo?

—Vale.

Y volvieron a aquella conversación sobre el Punk en la que tanto gustaban de enfrascarse.

—Estoy guardando todo lo que puedo de cosas antiguas que eran muy cañeras.

—Yo tengo aún cassettes de esos que hacían que eran recopilaciones.

—¿Qué grupos había?

—Yo qué sé, de todo: Código Neurótico, los Nikis, Eskorbuto, Parálisis Permanente…

—Anda esos sí que eran buenos…

Una noche se decidieron a meterse en ambiente y se fueron a un concierto. Era en un bar céntrico de la ciudad. Tocaban varios grupos. Era un concierto que se hacía para recaudar fondos para el mantenimiento de una radio libre. Se podía prever en este caso que los grupos que tocarían, podrían no tener instrumentos muy caros, pero posiblemente serían músicos con vocación de verdad, y buena gente.

Iban por la calle hablando. Miguel Ángel le exponía a Leopoldo:

—Últimamente me he dedicado a escuchar The Clash.

—Buena elección. Los veo más serios que a los Sex Pistols —respondía Leopoldo.

—Digamos que apenas los conocía —proseguía Miguel Ángel emocionado—, pero ha constituido un verdadero descubrimiento para mí. Es lo que dices, que parecen más serios que los Sex Pistols, más adultos, más tranquilos, menos agresivos.

—…Y no dejan de ser dinámicos. Porque si escuchas "Should I Stay or Should I go", es una pasada.

—Esa que dices y "London Calling" son las mejores.

—Tienen más canciones buenas: "Jimmy Jazz", "Spanish Bombs"…

—Sí —decía Miguel Ángel a Leopoldo empujando la puerta de madera y cristal del local urbano al que llegaban—. Esa es muy interesante, "Spanish Bombs", la que habla de la Guerra Civil Española, que menciona a Lorca incluso…

—"Spanish Bombs in Andalusía —canturreó Leopoldo también entrando al bar—, yo te querda, ma corazón"… ¡Anda, qué ambientazo!

Realmente, el bar era pequeñito pero estaba hasta los topes. Charcos pringosos en el suelo, vasos abandonados a medio beber, luces azules y rojas contra la negra oscuridad de escenarios y altavoces, eran la decoración del momento; brillos de piercings, mechas de pelo de colores, botas, muñequeras y collares de perro, chaquetas y pantalones ceñidos, el vestuario.

En ese momento en el escenario dos chicos de un grupo cantaban a la vez, berreaban a dúo, desde un solo micrófono. Tocaba un batería, que marcaba ritmos rápidos, parecía increíble que alguien pudiese tocar tan rápido sin equivocarse. Tenían un guitarrista que hacía efectos especiales extraños (rasgaba las cuerdas con la púa produciendo unas vibraciones y distorsiones especiales, por una parte, y por otra, algo más tarde durante otra canción con unas percusiones de la mano derecha sobre todas las cuerdas a la vez consiguió un sonido similar al de las campanadas de una iglesia, con el público muy atento). Los que estaban cantando cuando se añadieron al concierto Leopoldo y Miguel Angel, eran el cantante y el bajista del grupo, y tenían buena voz los dos.

La mayoría de la gente, de pie, inexpresiva, no perdía un segundo de la actuación. Unos pocos, los más cercanos al escenario, bailaban, saltaban o movían la cabeza siguiendo el ritmo. No había pausa entre las canciones, iban encadenadas. Preguntaban Leopoldo y Miguel Angel, y nadie sabía el nombre de este grupo, no eran malos, que tocó algún tema propio e hizo unas cuantas versiones, de los Ramones, de Offspring, y de Nirvana. Cuando acabaron estos y tras despedirse ("Somos Underground, ¡hasta pronto!") subió a escenario un grupo constituido únicamente por chicas, que hizo vibrar realmente el local. Eran tres: una cantante, una guitarrista y una bajista. Se presentaron como Mala Leche y sus potentes descargas despertaron hasta a la última polilla. Y la suerte para los dueños del bar fue que tras su actuación todo el mundo fue a la barra, sudorosos como estaban de tanto moverse, a pedir algo de beber. Estaban agotados de tanto bailar y sedientos. El cuerpo les pedía líquido.

—¡Joder, qué buenos son todos! —comentó en la barra Miguel Angel a Leopoldo.

—La verdad es que sí, que yo estoy disfrutando de lo lindo —respondió su amigo.

—Tengo ganas de con mi grupillo tocar ya en algún sitio, pero se cortan mucho. Son unos "cagaos". No se atreven. A este paso nunca saldremos del local de ensayo.

Siguieron un rato hablando hasta que unas notas avisaron de que comenzaba a actuar el último grupo, y el más enigmático: Los Negativos, y todos los presentes se acercaron de nuevo al escenario para escucharlos. Al final Miguel Angel y Leopoldo volvieron a sus casas con la sensación de que aquella noche había valido la pena.

EL ADIÓS DE NEKANE

Vaya disgusto. Me habían dado (metafóricamente hablando) un buen mazazo ese día. Y a mala leche. Incluso había llorado (cosa rarísima en mí).

Había muerto Nekane, la que fuera mi mejor amiga. Nekane, la utopía personificada. Eso sí que no me lo esperaba. No se lo esperaba nadie. Habíamos sido muy colegas en la época del instituto. Éramos "Los poetas de la clase". (Luego ya formamos el grupo, pocos años después). La realidad no estaba siendo mágica ni placentera, nada de lo que habíamos proyectado en nuestra época más rica en ilusiones. La crisis nos había dejado huellas a todos.

La muerte, el adiós de Nekane. Se había suicidado… Ya. Primero parecía que había sido un suicidio. Eso se dijo.

Se había emborrachado y se había tirado por un puente de esos que hay en las autopistas. No necesitó que ningún coche la atropellase. Había muerto del golpe contra el suelo gris, o tal vez de infarto durante la caída, como Jane, la novia de Spiderman cuando el Duendecillo Verde la soltó desde lo alto de un edificio. Spiderman consigue cogerla con sus telarañas (leí en un tebeo, de pequeño) antes de que su cuerpo se estrelle contra el suelo, pero ya es tarde: ella ha muerto de infarto durante la caída. Tal vez algo así le había ocurrido a Nekane. Lo suyo era genético, hereditario. La suya había sido una familia de suicidas. Estaba maldita. Una tía suya se había cortado las venas. Otra persona cercana a ella había bebido un limpiador químico. Otro (un tío, un primo, qué se yo…) que se había ahorcado…

Mi amiga era de lo más interesante que había surgido entre las últimas generaciones de escritores mallorquines. Y ya tenía nombre internacionalmente. A sus veinticuatro años ya había publicado doce libros: cuatro novelas, siete poemarios y un libro de relatos y microrelatos.

Alguien habló de suicidio, claro, porque realmente era auténtica su adoración de ciertos poetas suicidas, como Sylvia Plath (la del oscuro poema "Lady Lazarus"), o Ian Curtis, el cantante de Joy Division, aquel grupo alter-punk de finales de los 70 que había inspirado a The Cure, Bauhaus, Psychedelic Furs y tantos siniestros y góticos de la escena musical. Nosotros por otra parte (Nekane, yo, Róber, Néstor, Ana, Julia, Guillem, Margalida...) éramos un grupo de poetas muy interesados en la literatura y hacíamos tertulias literarias con mucha frecuencia. Y ella, Nekane, brillaba siempre porque era la que aportaba la nota más oscura.

—Sí, ya —le dije a Guillem—. Aquello a veces, por las conversaciones parecía más un club de suicidas que un grupo de poetas.

—Bueno, vale, porque muchos eran góticos. Yo no creo que nuestra amiga se haya suicidado.

—¿Qué quieres decir? —me quedé boquiabierto— Lo de suicidarse es algo "típico" en su familia. Lo han hecho algunos de sus familiares, un tío suyo...

—Déjate de jodiendas. Conocí a esa chica. No tanto como tú pero lo suficiente como para saber que no es de esas personas que no aprecian la vida. Escúchame, Bernardo, hostia. Siempre se ha hablado de la rivalidad que hay entre escritores. Unos consiguen la fama, otros no tanto. A unos le publican cada cosa que escriben antes incluso de que la hayan acabado, y otros no se comen nada. Como mucho son bohemios que viven en la miseria y serán famosos cuando ya no estén.

—Dios... ¿Estás hablando de Néstor?

Guillem asintió con la cabeza.

—Tú sabes tan bien como yo que Néstor era el poeta preferido del grupo hasta que llegó Nekane. Todos pensábamos que Néstor sería un gran poeta, que publicaría libros, que tendría fama...

—Eso es verdad. Lo había olvidado completamente —reconocí.

—Todos lo habíamos olvidado completamente menos Néstor, diría yo. Y lo cierto es que la noche del supuesto suicidio Róber fue el último que estuvo con Nekane. Se fueron de copas juntos y él la dejó sola en un bar. Eso dice. Por cierto, comentó él que en algún momento se cruzaron con Néstor por la calle y lo saludaron. Era la una y media de la noche cuando él, Róber, volvió a su casa, supuestamente. Y ella se suicidó (si es que se suicidó), a las tres.

—Pero... ¿Qué quieres decir? ¿Crees que Néstor ha matado a Nekane? ¿O Róber? ¿O ambos compinchados? ¿Por qué? Todos adorábamos a Nekane... Bueno, es verdad que Néstor y Nekane no se llevaban muy bien. Chocaban mucho. Sí que había algo de rivalidad entre ellos. Pero de ahí a que Néstor desease, o peor, provocase, la muerte de Nekane... ¿Seguro, Guillem?

—Era una broma. Olvídalo —Guillem sonrió, cortando el tema, a su manera—. Me tengo que ir.

"Vaya broma, cabrón", pensé yo. Broma o no broma me di cuenta de que todo lo que había dicho Guillem lo había estado rumiando concienzudamente durante algún tiempo. Se estaba comiendo el coco y no paraba de hacerlo. Nos había jodido vivos lo que había pasado con nuestra amiga.

Me fui a casa rumiando el tema yo también. Recordé una conversación extraña que había tenido con Néstor algunos años atrás.

—No entiendo a la gente que se suicida. Pero los veo valientes. Que ellos deciden. Si el mundo no acepta tu voluntad, eres tú el que decides si quieres quedarte o irte —decía yo.

—Déjate de rollos —me contestaba Néstor—. No te vas a ninguna parte. No hay más vida que ésta, y si te suicidas se acabó todo. Yo lo tengo muy claro: antes que suicidarme porque los demás me estén haciendo la vida imposible… me vengo: me llevo por delante al que me está jodiendo (me suicide luego o no).

¿Acaso se había llevado Néstor a Nekane por delante porque consideraba que ella le estaba jodiendo la vida? Dios…

Nuestro grupo de poetas, nuestra tertulia… Todo comenzaba a ser sospechoso. Lo empecé a ver todo de otro modo. De un modo muy feo. La armonía había sido un espejismo.

O alguien denunciaba al que tuviese que denunciar, al resto entero, por si acaso, o, a este paso, todos seríamos culpables de la muerte de Nekane. Nosotros, tan buenos, tan punkies, tan hippies, tan anarquistas… Por lo general éramos pacifistas totales (alguno del grupo se había declarado insumiso en la época en que aun existía el servicio militar obligatorio, la mili)… Y, sin embargo, me venía a la cabeza la defensa fanática que solía hacer Néstor de los revolucionarios violentos, de los que defendían una revolución obrera con sangre, si era preciso: Bakunin, Durruti… "Dios ha muerto", dijo Nietsche. Pero Bakunin afirmaba "Dios no existe. Pero si Dios existiese habría que matarlo".

Ya no era todo tan hermoso. Ya no era cuestión de paz y flores. Ya no podías decir públicamente que eras anarquista y sentirte orgulloso de ser una buena persona, si acababan de dar la noticia en la tele de que un grupo anarquista había puesto una bomba en un metro de Italia y otro similar, algo más modesto, había sido detenido en Barcelona justo en el momento en que iban a atacar también con explosivos algún edificio eclesiástico o militar.

Alguien sabía algo más. Todos sabían algo más pero nadie parecía dispuesto a hablar.

Comencé a ser devorado por serpientes internas. Me negué a ello.

Me dirigí al edificio de la Policía Nacional. Me apetecía charlar un rato. Me sentía como el detective que resuelve un caso que ya ha quedado cerrado, que ya nadie se espera. Sin embargo, en tal caso era Guillem el que lo había resuelto. Tal vez ahora éramos él y yo los que estábamos en peligro. Tal vez (como se suele decir) "sabíamos demasiado". Me sentía como un traidor. Como si fuese a traicionar a mis compañeros, porque iba a delatarlos. Pero si realmente iba a delatarlos entonces eran culpables. Si no tenían nada que esconder comprenderían que mi miedo, o mis ansias de justicia, me llevaran, como me estaban llevando, hasta comisaría.

IRINA, TATIANA Y LA OMNICORRUPCIÓN

"Este mundo es
un campo de concentración,
pero piensa que
es posible la evasión".

Barón Rojo

Irina y Tatiana se conocieron a finales de los 80 (según ellas en una época mucho mejor, en la que había "más vidilla"). Enseguida fueron consideradas pareja (por ellas mismas y por los demás). Sobrevivieron a problemas varios: falta de dinero, ataques en forma de desprecio por parte de sus familias, coqueteo con algunas drogas, posesividad, celos... Y así, como compañeras inseparables, cruzaron juntas de un milenio hasta el siguiente. Entonces empezaron a encontrar cosas con las que no contaban y que, aunque normalmente se habían movido siempre a otros niveles, de repente eran omnipresentes y podían llegar a influir en la vida de cualquier persona: era la época de la crisis y de la corrupción política. A la crisis acabó acostumbrándose un país como aquel en el que ellas vivían (tal vez el haber permanecido bajo una duradera dictadura lo había hecho un país de verdadera resistencia), sin embargo, nadie se acababa de acostumbrar a la palabra "corrupción". Hasta las personas como ellas, que intentaban vivir su vida sin quebraderos de cabeza políticos ni económicos, acababan hablando de temas que normalmente no les motivaban lo más mínimo. Ellas eran más bien progres, hippies (incluso cercanas a la mentalidad punk), interesadas en el arte y la cultura, en ser dueñas de su destino e intentar vivir su propia vida sin molestar a los demás y sin que nadie las molestase a ellas. Les aburrían los diarios, la radio, la televisión, todo tema de actualidad... Pero llegó un momento en que la invasora realidad era tan preocupante que hizo a todos acabar hablando un mismo lenguaje.

Empezaban los ciudadanos a estar hartos porque todo tenía cada vez más mala pinta. Y es que todos, los del poder, los gobernantes, eran unos corruptos. Las grandes empresas hacían sus chanchullos engañando a los controles sobre su producción de toxicidad (la empresa del automóvil, por ejemplo). Los alimentos se elaboraban de la manera más barata posible (la salud del consumidor no era lo importante para el fabricante)... Irina y Tatiana acababan alucinando con el día a día y sus noticias (la expansión de la delincuencia política, el pasotismo de los nuevos gobernantes ante el desastre ecológico, el auge de la derecha en el poder, la homofobia oficial en países tan enormes y aparentemente modernos como Rusia...). Como es lógico, ellas también acabaron sintiéndose muy indignadas. En el país había muestras de corrupción por doquier: corrupción política, pruebas de corrupción policial, corrupción administrativa... Incluso los representantes del conocimiento empezaban a dar señales de corrupción, usando su nivel intelectual para estafar a los incautos. Diosmíoadóndevamosallegar...

Un día, no soportando más el metafórico hedor, Irina y Tatiana decidieron emigrar. Continuar tranquilas con su historia de amor en otro país que les permitiera seguir siendo ellas mismas era el objetivo. Hicieron las maletas, pagaron lo último que debían a su casero, compraron billetes de avión y marcharon en autobús hacia el aeropuerto.

Tras un vuelo muy agradable, en que planearon su futuro próximo, fueron interceptadas y detenidas en la frontera.

IDEAS OPUESTAS

Nacio Torres, el torero, se acercó a la manifestación que se estaba celebrando delante de la plaza de toros. Unos gritaban a otros. No entendía cómo podía ser que alguien estuviese insultando a aquellos como él que en otro sitio eran vistos como héroes. Incluso a veces se iba más lejos. En algunas de esas manifestaciones había habido agresiones, golpes, peleas…

"¡La tortura no es arte ni cultura!" se oía gritar a la multitud. Como vio que empezaba a tener ganas de responder a esa gente tan borde, Nacio prefirió alejarse y pasar desapercibido.

Encendió un cigarrillo y caminó hacia la plaza de España.

"A las 5 de la tarde…" decía Lorca en su poema. Era un homenaje a su amigo Ignacio Sánchez Mejías (otro "Nacio", precisamente). Aquel gran poeta granadino había inmortalizado lo que otros criticaban hoy en día. ¿Acaso no era de izquierdas Lorca? Una voz pura, del pueblo. El alma más original y creativa que había producido España. Nacio se sintió derrotado, y se dirigió a su casa dando un paseo. Se fue contemplando su ciudad. Habían pasado los buenos tiempos, esos en que grupos como Mecano habían compuesto canciones como "La Fiesta Nacional". Ya no era igual. Ya no había respeto alguno. Los toros habían sido prohibidos en Cataluña recientemente (aunque al final aquella ley fue anulada). Luego estaba eso de criticar los San Fermines, como si las fiestas fueran las culpables de que algunos jóvenes sinvergüenzas se hubieran propasado con algunas muchachas.

Así, unos a favor y otros en contra, iban todos hablando de los toros, de lo que muy pocos conocían tanto como él. Del mundo de la tauromaquia.

"A mí también me gustan los toros, pero me gustan... ¡vivos!", le decía a veces su sobrino. Poco importaba que él le explicase que el toro de lidia se extinguiría si no fuese porque lo criaban, lo mantenían gracias a que había corridas de toros. Y entonces su sobrino le salía con que había que protegerlo como se protegían otras especies (las águilas, el buitre negro...), y no había que matar ningún ejemplar. Y si él decía que luego se comía la carne, del mismo modo en que matábamos otros animales para comerlos, su sobrinillo, siempre con la palabra en la boca le contestaba que a esos animales, a esos otros, no se les torturaba, mientras que al toro sí. Qué barbaridad, decir que al toro se le tortura, con lo bien que vive en el campo hasta que llega el momento de la corrida. ¡Con la nobleza que le da al toro una buena plaza de toros! ¿Acaso no era una tortura inflar el hígado de una oca para extraer más paté, o masificar las granjas de gallinas y encenderles la luz varias veces de noche para que pusieran más huevos...? Y luego se hablaba hasta de vegetarianos y veganos... A él le habían enseñado desde pequeñito que se dejase de tonterías, que había que comer de todo si se quería estar sano de verdad.

Nacio siguió paseando. Recordó a su tío Roque, aquella sabiduría que tenía, aquel carisma, aquella elegancia, aquel porte, y su mirada altiva, cuando daba aquellas interesantísimas conferencias sobre tauromaquia en el Club. De su tío Roque había aprendido todo lo que sabía de los toros. (Hasta que llegó el cuerpo a cuerpo, el torear).

La vida lo había llevado por ese camino del mismo modo en que a otros los lleva por otros. Cada cual es libre, hoy en día, de elegir su camino. Ya había toreado en unas cuantas plazas y, si Dios quería, torearía en unas cuantas más.

Le dolía que algunos de esos jóvenes "tan sensibles" amasen a los animales pero se burlasen, al menos aparentemente, cuando un toro cogía un torero. Le parecía ridículo. De nazis. (¿Acaso no era vegetariano Hitler?) Ahora bien, si él moría en una corrida, cogido por un toro agresivo, la verdad es que le iba a dar igual lo que pensase cada uno. Él ya no estaría para verlo, y "ojos que no ven"... El mundo estaba cada día más loco. Nadie era del todo bueno y nadie era del todo malo. Todo dependía del punto de vista.

En su caso, y en su casa, no había habido elección. Ya desde muy pequeñito había tenido siempre las corridas de toros en la televisión. Les gustaba verlas a sus abuelos, y a sus padres también. Pronto, además, le habían llevado a la plaza, a ser parte del público ya siendo solo un niño. Estaba hecho así como persona. Cada uno es como es.

A él le gustaba sentirse un hombre abierto de ideas. Poder hablar con cualquier semejante sin problemas. Pero siempre con respeto. El respeto era lo más importante.

Pasó al lado del Auditórium y recordó que la última vez que había estado allí había visto un concierto de "Los Toreros Muertos". Vaya una casualidad. Sonrió débilmente. Parecía un golpe bajo. "Malos tiempos para la lírica", cantaron otros antes, hablando de golpes bajos...

La ciudad era bonita así, bajo ese sol no agobiante y con aquella brisa suave. Pero ya no tenía ganas de andar más. Prefería llegar a casa. Aquellos gritos de los manifestantes en la plaza de toros le habían hecho sentir distinto. Le habían bajado la moral. Él tenía sus sentimientos. Y ahora tenía ganas de llorar.

DUENDECILLOS NAVIDEÑOS

Hace unos años estaba pasando las navidades con Adrián, un amigo que había venido a verme. Era mi mejor amigo en la época de estudiantes de instituto, y aunque la vida ya nos llevó hace tiempo a uno por un camino y a otro por otro, nos buscamos, de vez en cuando, como mínimo para saber cómo nos van las cosas.

Como contaba, estábamos pasando juntos aquellas navidades. Un día, ya el día de reyes, habíamos ido a ver la cabalgata, a pesar de que no tenemos niños, como si fuésemos nosotros los niños (hay gente que dice que somos como niños grandes). Habíamos ido a ver los desfiles, las carrozas pasar. Y de paso, a llenarnos los bolsillos de caramelos (hay que ser sincero). Después, cuando la gente se iba retirando a sus casas, porque ya había acabado la cabalgata, nos sentíamos tan llenos de aquella energía infantil que no nos apetecía todavía volver a casa, por lo que propusimos ir a un bar a tomar un café con leche (o lo que fuese) y a charlar un rato. Nos metimos en una cafetería a la que íbamos de vez en cuando. Por esos días, como es lógico, estaba decorada con motivos navideños, aunque ya estaban a punto de ser retirados. En aquel rincón había un árbol de navidad decorado con bolas todas doradas, por ejemplo.

—Hablando de todo un poco… ¿Sabes qué significan las bolas con las que adornan los árboles?, ¿de dónde viene la costumbre de poner bolas de colores en los árboles de Navidad? —preguntó Adrián. Él leía mucho y siempre estaba contando todo tipo de historias y anécdotas. Es de ese tipo de personas a la que le puedes hablar de cualquier tema, que siempre tendrá una respuesta para lo que le digas.

—No sé, ¿eran para hacer juegos malabares? —pregunté luciendo mi sonrisa más patética.

—Tú las usarías para eso, pero no. Lo leí el otro día: parece ser que eran más naturales, antiguamente. Las ponían de algodón. Y ese colorido era para dar luminosidad al invierno y a la Navidad. Era un modo de recordar a la gente que no se preocupase y que tuviera esperanza, que después del frío iban a venir tiempos mejores, más cálidos. Es decir: esas bolas eran para que la gente pensase en la primavera y el verano.

—¡Anda! ¡Eso sí que no lo hubiera adivinado nunca!

—Nunca te acostarás sin haber aprendido algo más.

—Ea.

Llevábamos un rato en la cafetería. El local estaba vacío casi. En una televisión no muy grande y que se hallaba en alto, sobre el rincón donde estaba el arbolito de Navidad mencionado anteriormente, estaban echando una película antigua en blanco y negro. Iba de caballeros medievales, o algo así. Nos dimos cuenta de ello porque alguien, desde una mesa a nuestro lado comenzó de decir:

—¡Písalo, písalo! —curiosamente se lo decía al protagonista de la película, que era un guardián de un castillo y alguien, algún enemigo, estaba escalando el muro, ya iba llegando arriba y sus dedos, enfocados en primer plano, en un plano detalle, intentaban buscar un punto en que apoyarse para hacer fuerza— ¡Písale los dedos, rápido!

Aquello nos hizo mucha gracia a Adrián y a mí, así que nos pusimos a reír. Los chicos de la mesa de al lado nos miraron y sonrieron. Recuerdo solamente a uno de ellos. Su pelo era cano. Eran mayores que nosotros (nosotros andábamos en nuestros veinte años y ellos en sus cuarenta), pero aun así se veía en ellos personas jóvenes. El del pelo cano iba de negro y era delgadito. Nos preguntó si se podían sentar con nosotros. Se veía que estaban algo aburridos y querían hablar con alguien. Les dimos permiso. A partir de ese momento todo fueron risas. No recuerdo muy bien de qué hablamos, de nada en concreto, y de todo en general. Pero contaban cosas muy graciosas, muy atípicas. Solamente recuerdo que el del pelo cano dijo una frase en serio, como si hiciese un paréntesis entre tantas risas:

—La vida puede estar muy bien si eres capaz de reírte un poco de todo.

Adrián y yo nos miramos el uno al otro. Aquello nos llamó mucho la atención. Ahí parecía haber un mensaje oculto. Para que la vida fuese más soportable, con sus problemas, convenía reírse un poco de todo. Además, aquel que sabía reírse un poco de todo, parecía ser más simpático, muy agradable para los demás, menos serio, menos agresivo. Era un modo de ser bueno, como una fórmula para conseguir ser una buena persona.

El otro se despidió y se fue. Nos quedamos tres (Adrián, "Pelocano" y yo) hablando en la mesa. La película pronto acabó, aunque ya no interesaba a nadie.

Recuerdo que, en cuanto aquel chico se fue, ya en la calle, volviendo a casa, me dijo Adrián:

—¿No te ha parecido especial esta persona?

—Sí. Era todo un personaje. Muy majo, pero no paraba de decir chorraditas aposta. Te partías de risa con él.

—A eso me refiero: no me ha parecido una persona real. Era como si fuese un duendecillo. Como si viviese en otra realidad. A su lado por un momento, todo ha sido mágico. Y eso que ha dicho de que en la vida hay que reírse un poco de las cosas…

—Sí. Está bien. Parece que él aplica esa filosofía a su propia vida. Anda… mira esto —dije yo desenroscándome un cordelito de plata, decorativo, que acababa de encontrar alrededor de mi muñeca. Ese collarcito de hilos plateados lo había quitado "el duendecillo" de pelo cano del árbol que había en el rincón bajo la televisión. Pero, simplemente, lo había dejado sobre la mesa. No tenía sentido que ahora yo me lo encontrase enroscado en torno a mi mano. Era imposible.

—Increíble –sonrió Adrián—. Yo no he visto cuándo te lo ha puesto.

—¡Es que no me lo ha puesto en ningún momento! –respondí yo—. Seguro que no. Lo ha dejado en la mesa.

Al principio habíamos salido del bar los tres (Adrián, Pelocano y yo). Y nos habíamos metido en el 24 horas de enfrente, a ver la tienda, tal vez a comprar unos chicles…

Pelocano se acercó al mostrador de caja, sacó una botella del interior de su abrigo y la dejó allí encima. Adrián y yo sonreímos. La cajera también. Era como si "Pelocano" nos gastase una broma, eso hacía. Como si quisiera demostrar que podía haber robado esa botella que nadie le había visto coger y esconder en su abrigo, si hubiera querido, pero que no había venido a eso, que él era buena persona. Que lo suyo era una simple broma. Lo que sí estaba comprando era unas revistas. Mientras la cajera estaba tecleando el importe, Pelocano le preguntó, ante nuestra sorpresa:

—Oye, ¿y tú de qué planeta eres?

—¿Yo? De Marte —respondió la chica sonriendo, para seguirle el juego.

Adrián y yo nos miramos divertidos. Eso de que Pelocano le hubiera preguntado a la cajera que de qué planeta era nos había pillado por sorpresa. Aquel joven era una fuente inagotable de bromas. Era increíble.

Pelocano se despidió de nosotros diciéndonos un "ya nos veremos" que por ahora no se ha cumplido nunca y nosotros nos fuimos ya con sueño hacia casa. Lo que había pasado aquella noche no nos lo creíamos. O éramos nosotros, que todo nos llamaba la atención, o dos duendes navideños se habían sentado con nosotros esa noche. Nos quedábamos con el mensaje de Pelocano: la vida podía ser bonita, podía estar muy bien, bastaba con saberse reír un poco.

Han pasado algunos años y yo aún pienso en aquel día de vez en cuando, ya que no me ha pasado nada como aquello nunca más (o digamos que yo no lo he vivido del mismo modo).

LA CHICA DE LA CAFETERÍA JUNTO AL MAR

Todo tiene dos caras: la externa, que es la que ven los demás, esa imagen de escaparate, digamos, y la interna, que es cómo se ven las cosas desde dentro. Una cosa es el mundo visto desde fuera y otra cosa es visto y vivido por los que habitan en él.

¿Cómo son las costas españolas?, sobre todo... ¿cómo es la costa mediterránea, las Islas Baleares, Mallorca en concreto?: una cosa muy soleada y llena de guiris, pensará la mayoría, tan invadida como está por millones de alemanes e ingleses cada verano, y cada vez más, que se pasean de noche borrachos, canturreando en grupo, pero sin meterse con nadie, sobre todo por el Arenal (eso los alemanes), o liándola en la calle y los locales y escandalizando a la prensa nacional y extranjera, sobre todo en Magalluf (eso los ingleses). La gente se mata porque se tira a las piscinas desde los balcones, y si eso de por sí es peligroso, ¡imagínate estando borracho!... Así hablaríamos de estos lugares si los vemos desde fuera. Pero si los vemos desde dentro, aquí los españoles nos buscamos la vida como en cualquier otra parte. Que lo sepáis. Todo es más tranquilito en la otra cara de la moneda, y la verdad es que nosotros, ni siquiera los que la tenemos más cerca, no comulgamos en nada con toda esta fiesta que vemos y he intentado describir hace un momento.

Dejemos atrás esas cosas que la gente seguirá leyendo en los periódicos, que de ello se alimentan, y hablemos, por fin, de ti y de mí.

Tú estabas ya un poco de vuelta de todo, y yo realmente nunca había tenido nada, pero la verdad es que tampoco iba buscando nada. Te habías casado muy jovencita y muy jovencita (poco después) te habías separado. De estar mantenida y trabajando únicamente en casa, en "tus labores", pasaste a buscarte la vida lo mejor que supiste, así que conseguiste entrar en una cafetería de primera línea de playa y ahí te quedaste, de camarera y además pinche de cocina, capaz de elaborar cada día un par de tapas con las que alimentar a los hambrientos que por pereza, o por lo que sea, prefieren todo lo que no se cocine en su casa.

Yo me buscaba la vida dejando fotocopias de mi currículum por todas partes: en bares, restaurante y hoteles. Me ofrecía para cualquier cosa. Me daba igual si me cogían para fregaplatos (me parecía muy digno), para ayudante de camarero, o para conserje de noche en algún hotel. No me atrevía a presentarme para nada mejor. No me sentía digno de ello.

Recuerdo que un día llegué al bar en que trabajabas y te di mi currículum a ti. Te dije:

—¿Te puedo dejar esto?

—¿Para qué? –preguntaste con mi currículum en la mano. Se veía claramente que no te lo querías quedar.

—Es por si necesitáis a alguien para trabajar aquí…

—No… —comenzaste a responder mientras hacías un gesto de negación con un movimiento de cabeza. Yo te interrumpí.

—Me da igual de qué trabajar. Estoy disponible para cualquier cosa y a cualquier horario. Soy estudiante, estoy en el instituto. Pero necesito comenzar a trabajar. Puedo estar de fregaplatos (toda la vida he limpiado los platos yo en mi casa), pero también puedo hacer la limpieza en general del local.

—Lo siento chico —me dijiste devolviéndome el papel—. En este bar estamos únicamente otra chica y yo, y estamos para todo. Quiero decir que somos las camareras, pero también las cocineras (para los aperitivos y tapas que cocinamos), y las fregaplatos, y las chicas de la limpieza. O sea que, me sabe mal pero aquí no necesitan a nadie. El local es muy pequeñito. Que tengas mucha suerte.

—Gracias. A ver si encuentro algo. Porque como tenga que irme a Alemania o a Londres a trabajar...

Allí y así nos conocimos. Y aunque no resolvías mi futuro me caíste bien. Me gustaste, supongo. Y comencé a frecuentar tu cafetería pocos días después de aquel primer encuentro. Durante un tiempo estuve yendo a verte (ya puedo reconocer que en el fondo solamente iba allí a verte a ti, jé, jé, jé...). Yo iba cada mañana a tomarme un café con leche y a escribir ideas para mis poemas en ese cuaderno pequeño que siempre llevo conmigo. Luego me iba al instituto, pero volvía después de comer para tomarme otro cafetito. Desde allí veía el agua azul, la espuma blanca de las olas (que a veces había), la arena de color crema... y a ti. Tú cerca, trabajando ahí. Me traías las consumiciones, pasabas con una bayeta para limpiar mi mesa y las demás, te llevabas mis tazas vacías, los ceniceros llenos, me cambiabas el azúcar por sacarina, si te lo pedía...

Supongo que era por nuestra juventud (éramos la gente más joven que solía verse en tu bar) por lo que nos unía cierta complicidad.

Después, por fin, conseguí aquel trabajo en aquel hotel. El país estaba en crisis, y yo encontré uno de esos trabajos que nadie quería: conserje de noche en un hotel. Trabajar de conserje de noche suponía que eso de que "la noche se ha hecho para dormir" le sirve a todo el mundo menos a ti, tu noche se ha hecho para que estés despierto, para que trabajes. Ya dormirás de día, si es que lo consigues.

Aparte de que iba a descansar menos de lo normal, me preocupaba un tema: ¿cómo iba a verte ahora en el bar, si durante la mañana y la tarde estaría durmiendo para descansar de mi jornada nocturna? Pronto tuve la solución. Comencé a ir al bar por las tardes, a una hora en que tú todavía estabas allí. Como cada día tomaba café para no dormirme en el hotel, aprovecharía el bar para tomarme cada tarde un buen café americano con hielo. Para no pasarme de cantidad de café diario, si luego de madrugada tenía sueño en el hotel, ahí me tomaría un té. Era cuestión de tener cuidado, que todas estas cosas te pueden estropear el estómago.

—Ya no vienes por las mañanas —comentaste en cuanto tuviste ocasión.

—No, porque ahora trabajo en un hotel de noche —te respondí.

—Vaya, me alegro. Por fin te ha salido algo.

—Gracias

Y yo seguí con mi fidelidad. Y cada tarde iba a ver el mar desde el bar donde trabajabas tú, y a tomarme un café hecho por ti. Hasta que…

Dejaste de trabajar ahí, de repente. Me lo dijo un día una compañera tuya. Por supuesto pregunté yo, después de dos días sin verte. Un día que no vinieses podía ser cualquier cosa: el médico, un día libre, algún compromiso familiar... Me dijo que habías dejado de trabajar ahí. Le pregunté qué había pasado, si te habían despedido o había sido porque tú habías querido irte. Me dijo que realmente no sabía nada más.

Un día, varios días después, cuando yo estaba a punto de dejar de ir a ese bar, ella de repente me avisó de que tú le habías preguntado por mí. Querías saber si aún iba "tu amigo" al bar, ese chico que iba por ahí cada tarde y se pedía un café americano con hielo, ese, el que escribía en el cuaderno.

Gracias a ello conseguí que, ya que ella estaba en contacto contigo, te pasase mi email. Hubiese sido demasiado atrevido pedirle tu número de móvil. Hubiese sido algo invasivo hacerte llegar el mío. Parecía como estar exigiéndote que me llamases. ¿Y si no te apetecía tanta intimidad? Si eso te agobiaba la única alternativa era que pasases completamente de mí, lo cual no solucionaría el problema, la tristeza, de perderte. Pensé que hacerte llegar mi correo era lo más romántico que podía hacer, lo más coherente, un poco más neutral y menos directo que el móvil, algo acorde con la imagen de friki, de poeta, o de lo que fuese, que tú ya debías tener de mí. Por suerte te gustó el detalle, y me escribiste un email para saludarme enseguida. Además, ya me contaste en él muchas cosas. Vi que te gustaba mucho escribirme. Eso me dio mucha vida. Así comenzó a haber correspondencia entre tú y yo. Hubo un colegueo, algo guay, algo muy majo. Se ve que a los dos nos apetecía mucho hablar un poco. Y ya un día nos decidimos, por fin, a vernos, y comenzamos a quedar para tomar un cafetito, de vez en cuando. Posiblemente era lo normal. Sin darnos cuenta nos habíamos hecho el uno al otro, así que estábamos ya acostumbrados a vernos. Llevábamos unos pocos años viéndonos cada día. Habíamos hablado de cualquier tema, de todo lo actual, habíamos comentado las noticias del mundo juntos, las que aparecían en los periódicos que había siempre en el bar o las que daban en la tele cuando yo estaba por allí. Lo nuestro era una relación cotidiana. Ya nos necesitábamos. Unas pocas semanas sin vernos nos habían hecho añorarnos. Y empezamos a quedar, una vez a la semana, en otro bar de por ahí al lado (no querías aparecer por tu antigua empresa). Es curioso, porque ahora hablamos de verdad. Ahora sabes más cosas de mí y yo de ti. Ya sé quién eres, y todo lo que había imaginado durante mucho tiempo acerca de tu vida: si estabas casada, si tenías un hijo o una hija, si tu marido era un maltratador, o lo contrario, si tenías un príncipe azul en casa... Todo eso va desapareciendo en el aire ante mis ojos según hablo contigo, según me cuentas cosas de ti que me hacen completar tu imaginaria ficha de huésped ("cardex"), de mi hotel mental. Ahora yo sé de ti que te gusta el vóleibol y tú sabes de mí que jamás leo poesía, por ejemplo.

Cada semana nos tomamos un café y charlamos al lado del mar. Ya eres alguien a quien quiero y que siento que también me aprecia a mí. No sé si surgirá algo más. No lo parece. Pero me da igual. No lo busco. Me basta con lo que nos ha unido. Tú, un café, el mar... ¿Qué más se puede pedir?

NO QUIERO SER UNA DEMENTE MÁS

Tenía mucho miedo.

Tenía miedo porque había comenzado a ver cosas raras. Y también a oír cosas raras. Era como si no estuviera despierta. Como si fuera una extraña pesadilla. Pero las pesadillas acaban. No se sabe si comienzan alguna vez, pero te despiertas y así acaban.

Pero aquello no acababa. La realidad se doblaba y se iba alimentando de nuevos elementos distorsionadores, surrealistas, que llegaban por casualidad y se hacían un hueco para quedarse.

Se sintió mal y comenzó a reaccionar con ira. Sus conocidos, la gente que la quería, incluso su familia, no se portaban bien, porque se integraban en esa realidad extraña y cambiante, en lugar de tranquilizarla.

Solamente necesitaba que alguien le dijera "tranquila, yo te conozco desde siempre, y sé que no eres mala, algo te está ocurriendo que es nuevo".

Pero no la entendían, creían que se había vuelto mala y la atacaban. Los malos, entonces, eran ellos.

Los muertos ya no se iban. Antes se iban, pero ahora se quedaban para hablar con ella, porque sabían que ella los seguiría escuchando si querían aliviar su tristeza por haberse ido.

Ella era una persona muy sensible. Simplemente le pasaba eso.

Fue a la cocina, cogió un cuchillo y comenzó a atravesar con su filo una y otra vez el cuadro que ya estaba a punto de acabar. No le gustaba.

No pasa nada por romper una obra de arte que no te convence si eres tú su propio creador.

Siguió rompiendo el cuadro, rasgando su lienzo. Se sentía bien así, descargando su agresividad. Hacía tiempo que no se sentía tan bien.

Puso la televisión. Una escena muy violenta captó su atención. Estaban echando el telediario, en ese momento. Apagó el aparato enseguida. No intentó ni cambiar de cadena.

Se estaba quedando sin amigos, si no se había quedado ya sin ellos por completo. El teléfono nunca sonaba. Nadie le enviaba ningún sms, ningún email, ningún wasap… Ninguna carta escrita con papel llegaba a su buzón. Publicidad sí, Publicidad llegaba a todas partes: a su buzón, a su email, a su móvil en forma de sms…

Claro, ya sabía lo que había pasado: su vida era de todos menos de ella misma. Se había quedado sin intimidad hacía algún tiempo.

Los miedos infantiles se habían vuelto a apoderar de ella desde que su última pareja la había dejado. Por eso, cada noche, antes de dormirse, miraba todos los rincones de la casa: dentro de los armarios, debajo de las camas…

Si había algo a lo que siempre había tenido pánico era a la locura: a perder el juicio, a oír voces, a ser poseída por demonios, y reaccionar horas después. A perder el conocimiento y a recuperarlo de pie, en medio de la calle, sin saber cómo había llegado hasta allí.

Por suerte, su mejor amiga se dio cuenta de lo que estaba pasando, aunque no fue ella la que se lo contó y la llamó una tarde. Ella se dejó llevar. Por fin alguien había venido a rescatarla.

INFLUENCIAS

Su hermano hizo sonar en el reproductor de cds la canción de Aute "Más cine, por favor", y mientras escuchaba la letra (..."que toda la vida es cine, y los sueños cine son"), se sintió identificado con lo que oía. Pensó que era verdad: que a veces sentía que no vivía su propia vida, que le debía mucho a aquellos personajes. El John Travolta de Grease ("Danny Zuko") le había ayudado a ligar, en alguna ocasión. No se podía decir lo mismo de Woody Allen: cuando, involuntariamente, imitaba su estilo intelectual, fracasaba normalmente con las mujeres de su edad, que se aburrían enseguida de su extraña verborrea. Que todo sea relativo o se pueda poner patas arriba no seduce a todo el mundo. Su pre-adolescencia había estada influída por los movimientos de baile que aparecían en películas como "Beat Street", "Break Dance" y "Electric Boogaloo". Eran los 80. En España llenaba los videoclubs las películas marginales por un lado ("Navajeros", "Colegas", "El Pico", "Perros Callejeros"...) y por otro el trío Ozores-Pajares-Esteso, y aparte del cine nacional los sonidos de percusión Spencer-Hill, la sucesión de "Rambos" y "Rockys"... Pero a veces aparecía alguna de sus pelis favoritas, de esas de amor, a la vez inteligentes, como "Hijos de un Dios Menor" (una de sus nunca olvidadas), la de la escuela de sordomudos, ¡qué preciosidad!, y años después "Mejor Imposible" la de Jack Nicholson. El amor, llegó a su vida con "Rebeldes y Temerarios" (Daryl Hannah y Aidan Quinn), esa fue su primera "película preferida". Un par de años después tuvo otra "película preferida" que le duró algún tiempo, una española: "La Hora Bruja" (la vio casi diez veces), de José de Armiñán, con Concha Velasco, Victoria Abril, Paco Rabal...El cine español moderno le encantaba. Se hizo una buena colección en vhs grabando las que emitía Versión Española ("Martín Hache", "Éxtasis", "Pasajes", "Salto al

Vacío", "Familia", "La Buena Estrella"...) Esto era ya a finales de los 90. Por esa época conoció a Jim Carrey y comenzó a reír con él, con "Dos Tontos muy Tontos", y "Ace Ventura, Operación África"... Poco después, comenzó otra colección, esta de terror, y esta vez la componían dvds: "Misery", "La Matanza de Texas", "El Proyecto de la Bruja de Blair", "Lo que la Verdad Esconde"...

Se dio cuenta de que hacía ya un buen rato que había acabado la canción de Aute. Fue a por un periódico: quería saber qué estaba en cartelera por aquellos días.

EL NUEVO AMIGO

—He conocido a un chico por internet.

—Ah.

—Sí, nos hemos hecho amigos por facebook. Es muy majo.

Me estaba contando todas estas cosas de golpe porque sabía que ya no le quedaba más remedio. Era un modo de evitar interrogatorios. Además, ya era lógico, puesto que ya me estaba diciendo que...

—Hemos quedado para tomar un café un día de estos.

—¿Tú y él solos?

—O sea, él tiene novia, y la idea es que tú también vengas.

Eso ya me hizo sentir algo más tranquilo.

—Vale. Me parece bien.

—Le he dicho que escribes.

—Ah, ¿sí?

—Sí, porque llevaba días diciéndome que él lo que quiere hacer es ser escritor.

—Ah, bueno.

No sé si es que estaban pidiendo, o querían ofrecer, mi consejo, pero lo cierto es que ya me estaba picando la curiosidad.

Pocos días después estábamos ya por fin los cuatro charlando dentro de un bar, sentados a una mesa. Yo hablaba con Leopoldo (nuestro nuevo amigo), y mi novia hablaba con la suya.

Leopoldo tenía algo atractivo que no se sabía muy bien qué era. Parecía menor que su edad, unos diez años menos, como si fuese todavía un adolescente barbilampiño. Tenía una mirada muy viva, de intelectual inconformista puro. Tenía tablas. Se le adivinaba mucha cultura, y de la buena. Era una persona muy moderna, con la que daba gusto hablar.

De repente, muy bajito, como si me dijese algo al oído, dos palabras salieron de su boca. Era una explicación de ayuda que me daba, porque se suponía que yo ya debía haberme dado cuenta de algo de lo que en absoluto me había dado cuenta:

—Soy andrógino…—susurró.

Anda…Qué extraño. Y sin embargo, era normal…El chico me estaba dando a entender que era una chica. O no, o eso: que era "andrógino"…

Nada cambió. La charla, nuestra charla acerca de literatura, siguió como si nada.

Cuando nos separamos las dos parejas, un rato después, vi que mi novia se sentía un poco decepcionada. Comentamos todo, todo… Ella ya sabía lo que pasaba, también, y parecía que se sentía engañada por él. Pensaba que él no tenía que haberse hecho su amigo en facebook sin decirle la verdad. Pero yo pensaba "¿desde un principio? ¿Pretendes que las personas vayan contándole a los desconocidos, nada más llegar, sus secretos más íntimos? ¡Tú flipas! Qué absurdo. Qué tontería".

Yo no me sentía decepcionado. Algo me hacía un poco de gracia: yo había sentido celos en principio y ahora todo aquello quedaba lejos, y cuanto más "decepcionada" se sentía mi novia más lejos quedaban los celos de mí.

…Y lo más importante: me sentía muy bien. Me sentía bien, porque si Leopoldo me había confesado su secreto era porque algo en mí le había arropado, le había protegido. La vida es dura, y aquel chico había visto en mí alguien en quien podía confiar: un colega...

Pues nada, colega...cuídate.

RECUERDOS DEL RÍO CHELO

Ya no podía contrastar mis recuerdos con mi padre. Ya no estaba.

Mi madre sí que me ayudaría, sin embargo, a distinguir realidad de fantasía, pero esa noche tenía más prisa.

Mis padres me habían dicho muchas veces, durante mi vida, que de pequeño me llevaban al río Chelo, y que allí nos bañábamos. Hasta ahí bien. Pero yo quería estar seguro de una cosa: tenía recuerdos, o creía tenerlos, de un lugar paradisíaco, un lugar de agua dulce y limpia, un oasis de aguas tranquilas en medio de parajes verdes verdísimos, como de cuento de hadas. Y sólo había un modo de comprobarlo.

Cuando era pequeño vivía en A Coruña, que en esa época se llamaba La Coruña.

Ya sabéis que esa ciudad se encara con el océano Atlántico (de hecho, yo vivía en la playa de Riazor), pero tal vez no sepáis que allí, en esa zona hay un río.

Cuando era pequeño mis padres me llevaban, nos llevaban a mí y a mi hermano mayor a bañarnos al río Chelo. Recuerdo un río de aguas paradas, o al menos tranquilas, en medio de un paraje verde.

Me suena que podía haber sanguijuelas. Eso era lo que también podía ser ya un producto de mi imaginación, tras 40 años de recreación de aquellos recuerdos.

Y sé, porque me lo han contado, que un día mi padre, por allí, en alguna fuente natural, se puso a beber agua y dijo "¡está riquísima!".

Yo lo imité. Comencé a beber agua y dije "¡está riquímala!". Tenía cuatro años. Eso es algo que a mi padre le hizo mucha gracia... "¡Está riquímala!" "¡Está riquímala!", y me lo estuvo recordando toda la vida.

La verdad es que del episodio del agua riquímala, en una de esas fuentes que bajaban de la montaña, con agua buena, que había en ese lugar, al lado del río Chelo, yo nunca me he acordado. Es decir, sé que mis padres me lo han contado siempre, pero no tengo imágenes en mi memoria de aquel momento, como sí que las tengo de aquel bañarse en aquellas aguas oscurecidas por las sombras de toda aquella vegetación. Tenía imágenes de agua dulce y oscurecida, posiblemente por las sombras en ella proyectadas, y de verme rodeado por la montaña verdosa.

Pues bien, después de 41 años me decidí a buscar en una fuente fiable. Enseguida, gracias a google, encontré mi objetivo. El río, al que toda la vida habíamos llamado río Chelo, parecía haberse llamado siempre río Mandeo, pero sí que estaba (está) en una zona que parece llamarse Chelo, en algún rincón de Galicia. Por las imágenes que internet me ofrecía, aquello era precioso: mis recuerdos infantiles me habían guardado fidelidad durante 40 años, aquellos parajes eran tal y como yo los recordaba. Me sentí muy bien al verlo.

Y entendí, por otras imágenes, algo que no sabía: que por aquellos lugares se cogían truchas y salmones enormes.

Todo ello se lo comenté al día siguiente (anteayer) a mi madre. Ella ignoraba que el río posiblemente se llamaba Mandeo, en lugar de Chelo, pero lo aceptó sin problema alguno. Y me confirmó algo de lo que yo no estaba del todo seguro: sí que había sanguijuelas. Mi padre se quejaba porque aquellos pequeños seres oscuros se le pegaban a las piernas.

Lo natural tiene su precio.

NADÁNDOTE

Como tantas tardes, la pareja había quedado para tomar una infusión y escapar, únicamente teniendo como vehículo las palabras, de un mundo aburrido y gris, tan necesario como monótono: el mundo en que vivían.

En un momento de silencio, en que Noelia no decía ni mú, y únicamente movía la cucharita interminablemente, la inspiración poseyó a su amigo.

—¿Te imaginas si viviésemos dentro de una taza de té? ¿Cómo sería eso? —preguntó de repente Nacio mirando hacia el interior de su taza— Yo bucearía de un lado a otro por enmedio del caliente líquido pardo.

Noelia también demostró tener buena imaginación:

—La pepita de limón se me resbalaría de la mano, y yo me intentaría escapar, subiéndome por la cucharita.

—Eso si hubiesen dejado la cucharita dentro de la taza, cosa que no sabemos. Bucearíamos y no veríamos el fondo. Tal vez ni siquiera podríamos abrir los ojos, estando sumergidos, puesto que si el té estuviese caliente nos haríamos daño.

—Hombre, si estuviese muy caliente, nos estaríamos abrasando la piel, al estar dentro de la taza. Se supone que no estaría más que templado o calentito. Recorreríamos la taza por dentro, nadaríamos, y deslizaríamos la palma de nuestras manos por la blanca superficie curva de nuestro recipiente. Y caminaríamos sobre un fondo arenoso de azúcar no disuelta.

—¡Es verdad! ¡El azúcar del fondo sería como el fondo arenoso en una playa! —Nacio parecía disfrutar con sus ocurrencias— A mí se me ocurre que nuestra piel, de estar ahí dentro, se iría oscureciendo.

—Pues yo creo que no estaríamos tanto tiempo dentro —respondió Noelia—, porque pronto el té se iría enfriando, y a ver quién aguantaba eso. Así que, si hubiese cucharita, yo enseguida subiría trepando por ella, y, si no la hubiese, tú juntarías las manos, yo pondría un pie sobre ellas, y apoyándome en ti, cogería impulso para agarrarme al borde de la taza e ir saliendo de allí.

—¿Y yo?

—Podrías salir pronto también, porque yo comenzaría a coger objetos que hubiese encima de la mesa y los arrojaría hacia dentro de la taza de té, para que tú pudieses, subiéndote encima de ellos, llegar también hasta el borde y salir.

Los chicos se abrazaron emocionados y, por primera vez, se besaron, contentos de estar juntos. Aquella tarde en que, imaginariamente, habían buceado dentro de una taza de té no la olvidarían nunca.

ELLOS ME ACEPTARON

(Relato autobiográfico)

Cuando era pequeño y pensaba en mi futuro no lo veía muy claro. Veía a los adultos y me parecían realmente extraños. No me identificaba en absoluto con ellos. Me parecía imposible que yo pudiese nunca llegar a ser así, un adulto, como ellos. ¡Los veía tan diferentes a los niños…! El contraste entre esos seres grandes, que vestían de gris y que no jugaban, y los pequeños, era enorme. No veía posible, según era mi sentir, según lo que pensaba en esos momentos, que yo pudiese llegar a ser mayor jamás. Tal vez por ello uno de mis ídolos principales durante mi adolescencia fue Peter Pan. Ese hombrecito vestido de verde no quería, o no podía, crecer. De algún modo estaba incapacitado para ser un adulto normal. Tuve algunas ideas parecidas más tarde (que nunca llegaría a ser adulto porque me moriría a temprana edad, en plena pubertad, que sería un adulto extraño, etc.). Pero no eran esos mis pensamientos, normalmente. Eran imaginaciones que venían a visitarme en algún momento, y que, tal como venían, después se iban.

Cuando tenía doce años, una tarde sufrí un accidente al salir del colegio, mientras jugaba al pilla-pilla con algunos compañeros en un gran columpio. A consecuencia de aquello tuve que pasar unas cuantas veces por quirófano. La cosa se complicó una y otra vez y parecía que no iba a acabar nunca. Estuve dos años seguidos de hospitales y médicos. Por aquellos días volví a albergar la idea de que yo no iba a ser un adulto normal, pero esta vez aquel pensamiento era mucho más realista. De hecho, algún doctor me llegó a comentar esa posibilidad, porque hubo instantes en que no se veía otra. Por suerte, la cooperación entre dos doctores encontró una buena solución, y una operación quirúrgica definitiva, que duró cuatro horas, puso fin a mi sufrimiento y al de mis padres. Todo aquello, ese infierno vivido durante mi pubertad, iba a comenzar a quedar atrás y yo, por suerte, iba a ser una persona que pasaría desapercibida entre el resto. Sería un adulto como cualquier otro.

He hablado alguna vez con otras personas de sentimientos parecidos o que pueden tener algo que ver. Hablé en época adolescente, en años de instituto, quiero decir, con otros jóvenes que también tuvieron la duda de si serían adultos como los demás, personas serias y normales. Surgió una vez, en clase de ética, de segundo, el llamado "síndrome de Peter Pan" (por ahí comenzaba a aparecer ante mi curiosidad el ídolo anteriormente mencionado). Se trataba del miedo a crecer, a aceptar las responsabilidades del mundo de los adultos. Por esa época, casualmente, para ayudar a todo esto, se hablaba de tribus urbanas: "rockers", "heavies", "hippies", "punkies"... Algunos de estos colectivos querían automarginarse, distanciarse del ciudadano diario. Ese era el modo de socializarse de muchos jóvenes. Querían sentirse parte de algo, porque no se sentían parte del mundo. Acaso todo aquello supuso en cierto modo una revolución, y gracias a tantos rebeldes, hoy en día los adultos no son como yo los veía de pequeño. No somos así. Puede que otros niños como el que yo fui sintiesen lo mismo que yo, tuvieron miedos parecidos a los míos, y gracias a ellos hoy en día los adultos seguimos jugando, no somos tan serios como eran nuestros padres y nuestros abuelos.

El mundo, por tanto, ha cambiado. Puede que, con tantos padres intentando hacerse amigos de sus hijos, ya no se pueda, o no se deba, hablar de abismo generacional... Pero esto ya no tiene mucho que ver con lo que quiero contar.

Si unos conseguimos lo que ansiábamos: llegar al mundo adulto e integrarnos, ser personas normales y corrientes y no llamar la atención de nadie, tal vez otros no tuvieron tanta suerte. Otros llegaron al mundo con algún problema o lo adquirieron viviendo y de esto es de lo que sí que quiero contar algo. Voy centrándome, voy a contaros una historia que me gusta mucho pues habla de unas experiencias reales vividas por mí en un entorno tal vez "especial". Y esto puede empezar contándose así.

Hace un par de meses entré a comprar unos cómics a una tienda especializada de Palma. Al ir a pagar vi que había en el mostrador un par de muestras gratuitas. Pregunté y me dijeron que me los podía llevar. Uno de ellos me llamó mucho la atención cuando lo estuve leyendo en casa (me lo leí todo seguido en menos de media hora). Contaba la historia de una persona, "Teresa Perales" (ese era el título, además). El cómic, narrado en primera persona, hablaba de una nadadora real que conseguía muchas medallas. Después de leerlo pensé: "¿Qué está pasando aquí?, ¿cómo puede ser que esta mujer haya conseguido tantas medallas y yo no sepa ni quién es?".

Hace unos días conseguí, después de buscarla durante mucho tiempo, una película que me encanta, que ya había visto varias veces hacía unos veinte años y que tenía ganas de volver a ver: "Hijos de un Dios Menor". Pues bien, la localicé, la pedí por correo y la compré. Y vi, no recordaba, que su actriz principal, sorda, tiene un Óscar. Sí: Marlee Matlin tiene un Óscar por esa película. Ha hecho algunas películas más y ha aparecido en programas de televisión también. Y la verdad, no sé en Estados Unidos, pero aquí, ¿sabe alguien quién es Marlee Matlin?, ¿se ha oído ese nombre alguna vez?

…Y, en cambio, tristemente, seguro que ya todo el mundo sabe quién es el tal Óscar Pistorius, señor que se hizo más famoso por ser acusado de matar a su novia en 2013, que por sus marcas mundiales en el mundo del atletismo. Así es la vida.

Hubo una época no muy lejana de mi vida (no muy lejana, digo: hará seis años como mucho) en que me sentí bien porque me acerqué todo lo que pude a un colectivo que hasta ese momento me resultaba totalmente desconocido. Creo que eso fue positivo, muy válido para alejar desconocimiento, prejuicios, y todo tipo de discriminaciones. Posiblemente, ese colectivo tiene fama de ser dependiente o de necesitar ayuda del resto de la sociedad... Yo solo puedo decir que conocí unas personas muy, pero que muy íntegras.

Toda la vida hemos oído hablar de discapacitados...O no, de acuerdo: es un término más o menos actual, de ahora. Estamos acostumbrados a unas palabras como "inválidos", "paralíticos"... esas sí las hemos oído siempre, pero nos vamos familiarizando con otras más modernas, como ya incluso "parapléjicos", "tetrapléjicos"...y claro, también está esa: "discapacitados". Pero, ¿a qué suena esa palabra? Parece que nos quieran contar que alguien no es capaz de hacer algo, ¿no es cierto? El caso es que hemos de hacer un esfuerzo para entender qué significa ese vocablo. ¿Se referirán a trabajo o a qué concretamente?

Uno va completando su diccionario y sus archivos internos con la información que le llega de aquí y de allá. Una chica, compañera de un curso gratuito sobre rehabilitación y fisioterapia que comencé hace tiempo pero que ninguno pudimos acabar pues fue anulado a las pocas semanas de empezar, habló de su pareja: comentaba que su novio tenía discapacidad, y que le reconocerían una pensión por discapacidad si ésta alcanzaba o superaba el treinta y tres por ciento, si no no. No sé qué pasó con aquello pues no la volví a ver desde nos quedamos sin ese curso.

Nunca he tenido relación muy directa con nadie que socialmente se considere "discapacitado", excepto una persona que fue mi pareja durante algún tiempo, y que hoy en día, a causa de una enfermedad mental, se considera socialmente como discapacitada. Aparte de ella, tuve los compañeros de clase de informática, a nivel usuario, de un intensivo que también empecé, pero no terminé, hace algunos años.

Para que nos situemos, estoy hablando de la época más dura de la crisis. Fue un periodo de tiempo que comprendió entre el año 2008 y el

2011. No recuerdo las fechas exactas, pero estuve dos años completos en el paro, uno de ellos ya sin ningún tipo de ayuda económica por parte del estado.

Un poquito antes, solamente unos pocos años atrás, yo era fijo en un restaurante alemán de la Playa de Palma. Era una sucursal de un restaurante del cual había varias en Alemania (en Berlín y Köln). Entré en 2005 en un momento en que aprovechaba que vivía en una zona turística para buscar trabajo en hoteles y restaurantes como fregaplatos. Allí comencé a utilizar y seguí utilizando, durante muchos meses, una máquina grande y cúbica (que también he visto en hoteles), que se empleaba para lavar grandes cantidades de vajilla repetidamente, al mismo tiempo que pelaba cubos y cubos de patatas, limpiaba mejillones o gambones (les hacía un cortecito detrás para extraer el cordoncito de excremento bajo el grifo, cosa que no había visto en la vida y que me parecía ridícula), envolvía en papel de aluminio, con algo de sal gruesa y un pellizquito de comino, patatas crudas que acababan cocinándose en las brasas de la barbacoa, ayudaba a mis compañeros de cocina a elaborar tiramisús de grandes dimensiones (cuando tocaba disfrutarlo como postre del menú), pelaba y cortaba en trocitos muchas piezas de fruta que acababan en jugo de naranja de tetrabrick en un gran recipiente para el bufé de los domingos, cortaba, en la máquina charcutera, col para ensalada, láminas de carne congelada para platos de carpaccio, láminas de pato cocido para platos de Vitello Tonnato, y un largo etc. En definitiva: entré en aquel restaurante como fregaplatos en 2005 y salí en 2008, cuando ya habían hecho de mí todo un pinche de cocina. Como os decía, yo era fijo en aquel momento, llevaba más de un año siéndolo, y me las prometía felices y eternas, tenía seguridad para pagar la hipoteca y de paso estaba sacándome el carnet de conducir…Pero todo se torció. De repente se comenzó a hablar de crisis. Y algo noté. Para mala suerte, tantos esfuerzos en la cocina de aquel restaurante acabaron por producirme una hernia de la que preferí operarme. Tuve que estar un mes de baja. Fue el mes de agosto, normalmente el mes de más trabajo. Se ve que me echaron mucho de menos, ya que después de un mes de reincorporarme al trabajo ya todo el mundo aceptaba que había crisis, no en España sino en todo el mundo y, como había que eliminar a alguien de cocina, de repente me vi en la calle. Decidí que el carnet de conducir ya me había hecho gastar mucho dinero así que dejó de ser mi objetivo y me puse de nuevo en busca del trabajo perdido. Estuve un año cobrando del paro, y medio cobrando la llamada "ayuda familiar" (es mucho menos dinero pero algo ayuda, realmente). Estuve, y estuvimos todos, percibiendo como el trabajo no solamente era algo en peligro de extinción, sino algo que se estaba extinguiendo de verdad, y estuve, para acabar, un año sin trabajar y sin cobrar absolutamente nada. Por esa época comencé a salir con alguien. No tenía mucha más suerte que yo, pero alguna más sí.

Por suerte alguna ayudita familiar hacia las cosas algo más llevaderas. Mi madre me preparaba una bolsa de comida semanal. Hacía mucho que ya no me quedaba ni rastro del finiquito. Tras unos pocos años de cobrar un sueldo digno había pasado a no tener nada. Me estaba acostumbrando a ser pobre.

En esa época vi que había un cursillo de ordenador a nivel usuario. Como era para parados sería gratuito. Qué bien. Menos mal. No era dinero, pero te lo acercaba un poquito.

Lo vimos mi novia y yo en un diario. (Digo "mi novia", aunque en la actualidad, cuando hablo de ella ya digo "mi ex", todo cambia). Era gratis, y era justo lo que yo necesitaba para ponerme al día en cuestiones informáticas básicas y poder así encontrar trabajo. Cuando dos años antes tuve que operarme a consecuencia del esfuerzo realizado para el Restaurante XII Apóstoles decidí que ya se había acabado para mí eso del trabajo físico. Ya bastaba. Me merecía algo mejor.

Pero…fijándome en el anuncio reclamo del cursillo, enseguida me di cuenta del detalle que antes no había percibido: era para discapacitados. Y así se lo dije a mi compañera.

—Oye…aquí pone que esto es para discapacitados…

Pero ella me respondió:

—Yo que tú iría de todos modos a intentarlo, por si acaso. El no ya lo tienes.

—Ya verás como no puedo hacerlo. Va a ser perder el tiempo. Ahí pone muy claramente que es para discapacitados —le dije.

Pero nosotros dos, como pareja, ya sabíamos eso de que "cuando la miseria entra por la puerta el amor sale por la ventana" (o algo así dicen). Y yo cada día tenía menos ganas de discutir. Ya habíamos discutido mucho. Cuando hay dinero todo es muy bonito. Puedes comprar cosas variadas, necesarias o no, salir, entretenerte, comer en este sitio, cenar en aquel, gastar por aquí y por allá y, en general, pasártelo bien… Cuando no hay mucho dinero, pero al menos hay trabajo, esto cambia ligeramente: los dos trabajáis, no hay de qué preocuparse, porque que haya trabajo quiere decir que siempre va a haber dinero, se puede poco a poco comenzar a ahorrar, y te sientes seguro, que ya es mucho…Si ya uno está en el paro y solo trabaja el otro, la situación, en cambio, es un poquitín más tensa: uno se siente como un esclavo al que le están tomando el pelo, están viviendo a su costa…pero con cierta dosis de generosidad y de respeto mutuo la cosa aun es llevadera. Uno va dejándole, prestándole, dinero al otro, para no que no se sienta deprimido de tanto ir por el mundo con los bolsillos vacíos (dinero que se devolverá alguna vez o puede que nos perdonen la deuda y no sea necesario devolverlo)… Ahora bien, cuando ambos estáis en el paro todo ya es un horrorcillo. Esa situación viene a ser un sálvesequienpueda. Da igual discutir o no, de hecho parece que es mejor discutir a cada momento, como si así se viesen, tras cada discusión, las cosas más claras, como si todo se agilizase, como si el discutir nos ayudase a ponernos las pilas. Se pasa más bien mal, pero, al menos, hay emoción porque hay un objetivo, algo a conseguir, una ilusión, una meta: encontrar trabajo. Incluso, que te llamen para hacer una entrevista laboral ya es una lotería, algo de lo que alegrarse, es como, por lo pronto, cantar línea…He oído decir a veces, me lo dijo mi tía abuela, por ejemplo, que en la época de la guerra civil la vida era más mucho más intensa que en esta época. Pues esto debe de ser algo parecido. No hay tanta intensidad, pero como hay más riesgo cuando se está en el paro y hay que estar buscándose la vida en todo momento, te aburres porque no trabajas, a menos que te vayas de paseo y busques quehaceres, pero no te aburres en tanto a que tienes que estar pensando y buscando soluciones. Tienes que controlar el gasto, el poco que puedas hacer.

En fin, que como mi ex sabía mucha más informática que yo, mejor que yo no discutiese e hiciese algo por ponerme a su nivel. Había informática gratis disponible y no se podía desperdiciar esa oportunidad. Había que hacer lo posible por recogerla. Al menos, había que intentarlo. Era de tontos no hacerlo.

Mi novia y yo vivíamos en un estudio que estaba comprando yo solo en el Arenal de Llucmajor, en la zona del Club Náutico del Arenal. Era una casa muy pequeña: aunque parezca mentira, no llegaba ni a veinte metros cuadrados, y sin embargo nos bastaba para vivir a nosotros dos y al pequeño e inteligente yorkshire que vivía con nosotros. Yo pagaba una hipoteca mensual y me quedaban unos cuantos años para seguir pagándola, pero lo cierto es que pagaba poco. Si alguien se fuese a vivir a un estudio en alquiler, no pagaría una mensualidad menor de la que yo pagaba de hipoteca, y, además, yo estaba comprando, mientras que el otro no compraría nada. Yo pagaba, y mi novia de entonces vivía conmigo gratis, nunca le exigí nada, si acaso yo intentaba que al menos ella limpiase y cuidase mi casita tanto como yo. Tampoco puedo quejarme, porque algún tiempo después yo estaría viviendo con ella en una casa de su familia tal y como ella vivía en ese momento en la mía.

Pensándolo bien, iba a hacerle caso. Lo iba a intentar. No creía que me dejasen entrar en el curso (si era para discapacitados era para discapacitados, y yo no era ningún discapacitado) pero me presentaría allí y preguntaría, diría que estaba muy interesado en ello, a ver qué pasaba. Era informática lo que se impartía y hacía tiempo que ese era uno de mis objetivos primordiales. Tenía que volver a trabajar en alguna oficina o algo así, como cuando mis padres me tuvieron de secretario en la inmobiliaria familiar. Eso era lo ideal, pero cualquier trabajo me iba bien. El problema es que, por mucho que lo solicitase cuando entregaba un currículum, no me estaban llamando de ninguna parte ni para ser pinche de cocina ni para ser, ni siquiera, un simple fregaplatos.

Yo había tenido un par de trabajos buenos... máximo tres: había sido jardinero, o "peón de mantenimiento de jardines", durante año y medio. Ese fue mi primer trabajo con contrato (antes de eso había estado unos meses de repartidor de diarios nocturno, jugándome la salud a la intemperie). El trabajo en jardines consistía, básicamente, en hacer junto a otro, en un motocarro, una ruta de guardia por la tarde, yendo a revisar todos los principales jardines municipales. Más que nada nos ocupábamos de su limpieza, aunque en verano también los regábamos, y alguna vez plantábamos alguna cosa (repoblábamos grama por esquejes, llenábamos las rotondas de petunias de colores...).

También había trabajado de auxiliar administrativo durante siete años en la inmobiliaria de mis padres. Contestaba el teléfono, hacía la publicidad, conseguía ofertas, actualizaba las que ya teníamos comprobando si seguían a la venta y mantenían el mismo precio o no... Alguno de nuestros vendedores se quejaba de lo poco modernos que eran nuestros equipos informáticos: a mediados de los 90 no debían quedar ya muchas oficinas como la nuestra que en vez de ordenadores siguiesen utilizando procesadores de textos de esos de pantalla oscura en que todo se escribía con letras verdes luminosas... En esa época, además, cuidaba a mis abuelos paternos, ya muy viejecitos, por las noches. Viví con ellos un par de años en un piso alquilado por mi padre cerca del suyo (y de mi madre) para tal fin.

Y por último, mi otro trabajo bueno fue el de fregaplatos-pinche de cocina, aunque lo mejor que tenía aquello fue simplemente que me hicieron fijo. Era un trabajo duro, más bien. Lo mejor que me llevé de ahí fue la receta del Vitello Tonnato. Lo hago de vez en cuando en casa cuando hay invitados. Me encanta y les encanta. Mmmmmmm, ¡qué bueno! Otros, con más curiosidad y ambiciones que las que tenía yo en esa época subieron algo más en la empresa y acabaron de cocineros, bastaba poner máxima atención a todo y saber hacer la pelota en los momentos apropiados, pero algo era algo.

También había sido "repartidor motorizado de comida a domicilio" (recordado textualmente de mi contrato), fregaplatos y/o ayudante de cocina en distintos hoteles y por espacios breves de tiempo, aparte había hecho una promoción navideña de herramientas para bricolaje en un gran centro comercial, y también había sido reponedor, por unos días, en un gran centro comercial. Total: un desastre. Y, para sumar pequeños desastres, al principio de todo aquello había abandonado dos carreras sin haber llegado ni a la mitad de las mismas. Todo ello había ocurrido en épocas mejores, social y económicamente hablando. Pero, tal y como me había dicho una ex—suegra, ya no estaba el horno para bollos. Se hablaba continuamente, y tan solo, de crisis y ya le habíamos visto todos las orejas al lobo, como se suele decir. Había que irse situando (tonto el último).

La organización que iba a impartir la formación en colaboración con el SOIB (Servicio de Ocupación de las Islas Baleares) era Asprom, asociación balear de personas con discapacidad física. Su local se hallaba situado en las faldas de la Torre Madrid. La Torre Madrid, que se halla en la Plaza Madrid, es el edificio más alto de Palma. Tiene veintidós pisos. Otra ex mía (que solamente fue mi novia por un mes) vivía en uno de sus pisos veintiuno. Su familia posiblemente siga viviendo allí hoy en día.

Iba a tener que recargar un poco mi tarjeta ciudadana. La tarjeta ciudadana la vas recargando en algunos estancos y papelerías y hace las

68

veces de bonobús perpetuo. Nosotros vivíamos en el Arenal, una zona construida en torno a una playa de 4 kilómetros y medio, que se hallaba a 15 kilómetros de distancia de Palma. Tendría que ir cada mañana en bus hasta la ciudad y volver de ella cada mediodía en autobús también. Hay tres líneas de autobús que unen El Arenal con Palma: la 15, la 25 y la 23. Los autobuses de las líneas 25 y 23 llegan más rápidamente a Palma que los de la línea 15 porque los primeros van por autopista y los de la línea 15 no. Había una parada de la línea 23 muy cerca de casa, mientras que para coger un 15 o un 25 tenía que caminar unos quince minutos hasta la parada más cercana, que estaba en el paseo de la playa, al lado de un McDonalds y un Burger King, en el Balneario 1 (El Arenal está dividido en 15 balnearios. Se empiezan a contar desde la parte del Arenal de Llucmajor, donde está el Club Náutico, y terminan en la parte del Arenal de Palma, donde va a comenzar Ca'n Pastilla). Teniendo esto en cuenta, y que la línea 23 tenía precio diferente a las otras dos, según el tiempo que tuviese yo cada día, ya decidiría a cada momento qué bus me interesaba más coger para ir a Palma o cuál para volver.

No sé si fue un día después de ver el anuncio en el diario en aquel bar o varios días después, pero no pasó mucho tiempo hasta que me hallé en el local en que se iba a impartir aquel cursillo de informática pidiendo información e intentando inscribirme.

Me presenté y me vinieron a decir, al inscribirme, que en principio, efectivamente, era un cursillo pensado para discapacitados, que aun así, me aceptarían por el momento, pero que darían preferencia a esas personas que tenían que hacer algo más de esfuerzo para integrarse socialmente. Expliqué que estaba buscando trabajo, que estaba en el paro desde hacía tiempo sin ningún tipo de ayuda, y que creía indispensable adquirir conocimientos básicos de informática para integrarme en el mercado laboral. Su mensaje era positivo: no se opondrían a que yo lo realizase mientras no hubiese otros solicitantes que pudiesen quedarse fuera por culpa de mi intención. Creo que posiblemente vieron con buenos ojos que una persona no considerada discapacitada participase de aquello como uno más: eso por sí solo ya era integrador y antidiscriminatorio.

Sabía, por tanto, que corría el riesgo de verme excluido del proceso de formación, pero el caso es que pasaron los días, comenzó el cursillo un uno de febrero y yo me vi, por suerte, haciéndolo junto a unos catorce compañeros más.

El cursillo era muy bueno. Lo primero que hicimos fue escuchar a una orientadora laboral que estaba ahí para animarnos a encontrar trabajo y que nos dijo un secreto importante: nos habló del "currículum oculto". El currículum oculto es una parte del currículum que no debemos enseñar. Es decir, se trata de guardar una parte de nuestros conocimientos y experiencia laboral. No hace falta contar cada paso que hemos dado. Siempre hemos de tener más riqueza que la que mostramos, saber más de lo que decimos, de ese modo pueden buscar si hay puntos débiles o lagunas entre lo que mostramos, pero no podrán dejarnos en ridículo. No hemos de aparentar ser más de lo que somos, más bien al contrario: hemos de aparentar ser un poco menos de lo que somos realmente. Así se llevarán, conociéndonos, una agradable sorpresa.

El cursillo iba a durar unos tres meses. Sería intensivo, de lunes a viernes. Se trataría de entrar cada día a ese local de Asprom de la Plaza Madrid de Palma a las 9 de la mañana y salir a las 2 del mediodía.

El segundo día de cursillo era un dos de febrero y yo no aparecí por allí. Mi padre había muerto, inesperadamente, de madrugada.

El día siguiente lo dije a mis nuevos compañeros. Y todos me dieron el pésame. Lo agradecí. Por cierto, entonces, un día después de la muerte de mi padre, era mi santo. Fue extraño para mí.

Me di cuenta de que tenía suerte de estar comenzando un cursillo en esos momentos: de ese modo estaría distraído haciendo algo.

Me vi ahí, en aquel aula de aquel local, rodeado de aquellos compañeros estupendos, hombres y mujeres, unos más jóvenes y otros más mayores, todos entre los 30 y los 50, hablando con ellos en las pausas entre clases. Unos se tomaban un café en el bar, otros se comían el almuerzo que traían de casa, alguno fumaba de pie en la calle junto a la puerta del centro y hablaba de todo un poco…

Enseguida hubo "buen rollo" entre todos. Una de las apuntadas al módulo me conocía de vista de mi instituto… o sea que había estudiado BUP en el mismo centro educativo que yo. Se llamaba Maria Jesús.

—Me acuerdo de ti, de haberte visto alguna vez por el Ramon Llull, pero entonces vestías de negro. Ibas diferente. Tenías otro aspecto.

—Ah, pues sí, es cierto –reconocí—. En esa época era punky, siniestro.

—Sí, algo así.

Comenzamos a hacer prácticas con Word, vimos también Access, Excel, adquirimos cada uno una dirección electrónica en Gmail… Aproveché que había que enviar un Gmail a todos los demás, como práctica, y les envié archivos con mis trabajos literarios.

—Aquí va una novela corta…

—Ok.

—¡Qué bien!, ¡qué guay!

—Esto que os envío ahora es un poemario gótico-humorístico…

Etc. No sé por qué, pero tengo la impresión de que ninguno de mis compañeros llegó nunca a abrir ni uno solo de aquellos archivos que les envié. Es una corazonada. Será porque no me llegó nunca ninguna opinión ni ningún comentario al respecto. Creo que nadie debió prestar atención a aquellos trabajos literarios. Así que nadie leyó nada, sospecho. Supongo que enseguida, también como práctica informática, borraron esos gmails recibidos y aquello fue así, en un momento, desintegrado.

Belén es como se llamaba nuestra profesora. Era una buena docente. Había estudiado en alguna universidad de monjas de la península y decía tener dos carreras, o más, no lo recuerdo bien. En seguida nos cogió aprecio, y nosotros a ella. Era una mujer bastante simpática.

A todos los parados les gusta que les regalen cosas. Está bien poder hacer cursillos de formación, y si en ellos te regalan algo, mejor. Belén nos dijo enseguida que tenían algo para nosotros: estaban a punto de llegar unos libros de informática muy buenos. Habría uno para cada uno. La verdad es que resultaron ser unos gruesos manuales de lectura amena donde se explicaba muy bien todo lo que veríamos de Excel, Word, Access, correo electrónico y alguna cosa más. Recuerdo que me leí el mío de un tirón. No tardé ni una semana en acabarlo. Eso demuestra que estaba perfectamente motivado en ese momento. Tenía ganas de aprender informática de una vez, y tenía ganas de estar ya trabajando de nuevo en algún lugar. La verdad es que si a esa edad no tenía más que un portátil y no sabía casi nada de ordenadores sería porque había sido de esos que se habían opuesto al progreso tecnológico, considerándolo alienante y deshumanizador. No me habían caído bien los ordenadores nunca, del mismo modo en que tampoco me entusiasmaba la idea ni de tener ni de conducir un coche, y por eso tampoco me había sacado el carnet de conducir. Siguiendo en esa línea, creo que fui la última persona de la tierra que se compró un teléfono móvil, y lo hice cuando ya hacía tiempo que todos iban por el cuarto o el quinto. La verdad es que el primero que tuve lo "heredé" de una vendedora de la agencia de mis padres que era bastante amiga mía, con la que hablaba frecuentemente de libros. Intercambiábamos novelas actuales. Era una buena crítica literaria aquella mujer. En cuanto a móviles, como ella se acababa de comprar uno nuevo me regaló a mí el suyo viejo, un aparato enorme de color verde fofi muy feo y muy cantón. Dado que era el primero que iba a tener, me pareció hasta hermoso el zapatófono aquel. En fin… Como decía, nos regalaron un buen librote informático de tapas blandas y muy buena pinta, de esos que apetece consultar y hasta leerse. Aprendí bastantes cosas en el curso y alguna más gracias al libro. Aquel tocho no se volvió a abrir nunca más, después de esos días, pero al ser recibido fue leído íntegramente de una vez.

Respecto a elaborar textos en Word me doy cuenta de que sé cosas que no sabe mi novia (la de ahora, no mi ex), y supongo que es gracias a ese cursillo y a alguno más que lo completó. Los profesores que se dedican a enseñar informática suelen ser exhaustivos. Son muy concretos explicándote todo lo que puedes hacer. Eso es muy bueno. Ella, por ejemplo, sabe muy poquito de las celdas de una página de Excel, y yo recuerdo algunas cosas, como por ejemplo hacer la "autosuma" de una columna de datos, cosa muy útil a la hora de llevar la contabilidad de nuestros gastos mensuales.

También nos regalaron una memoria USB a cada uno. (Un pendrive, vamos). Enseguida le cogí el gustillo a trabajar con un pendrive. Guardaba en él tantas cosas que era como si tuviese un ordenador propio diminuto para mí solo que llevaba conmigo a todas partes. En otro cursillo que hice meses después me regalaron otra de esas memorias USB. Y aquella aun la conservo y utilizo. Me ha ayudado mucho en la organización de mis estudios: de la carrera que ahora estoy acabando.

Yo pensaba a veces en mis compañeros como personas individuales al margen de aquella experiencia educativa. Intentaba comprender qué era lo que les hacía diferentes al resto de la sociedad. Alguna chica era un poco cojita, un chico tenía uno de los dos brazos algo atrofiado, alguien hablaba un poco raro… Pero otros suponían para mí una incógnita, un misterio total que tampoco apetecía resolver.

Las clases eran tranquilas. Tras los primeros minutos, en que costaba llegar al silencio, todos, casi al mismo tiempo, comenzaban a dejar de hablar y a dedicarse a las actividades del momento. Cooperaban unos con otros y ya hasta el final prestaban máxima atención.

Aquellos compañeros eran como yo. Si acaso, pensaba, estaban mucho más integrados en la sociedad que yo: algunos conducían su propio coche, quien más quien menos estaba casado y tenía hijos (pero mi novia y yo teníamos muy claro que hasta que no se arreglasen un poco las cosas económicamente para ambos no habría niños), algunos vivirían ya por su cuenta, pero era posible que otros viviesen eternamente con sus padres, quien más quien menos, por lo que oía, tenía un buen ordenador en casa, mientras que yo, por esa época, como mucho, tuve un gran portátil, medio inservible, que me había regalado un amiguete en el momento de comprarse otro mejor, y después un portátil más pequeño y bonito con el que comencé el Grado de Estudios Ingleses y que todavía me dura.

Sí, eran como yo. Eran como nosotros, como el resto de la sociedad, para lo bueno y para lo malo. Eran buena gente, inteligentes y habilidosos con la informática, por una parte, y por otra, también podían tener vicios humanos como el resto de los mortales.

Recuerdo que uno de los compañeros tenía un ligero problema de alcoholismo. En las pausas salía a tomarse algo al bar, y con frecuencia volvía a clase algo bebido y acababa poniéndose muy pesadito. Aunque al principio del curso no lo notamos, muy pronto eso ocurría día sí y día también. Pero, tras algún roce incómodo con alguien, todo volvió a la normalidad, o al menos, fue más discreto.

En general me gustó mucho hacer ese cursillo. Me sentía bien. Parece que tenemos la idea de unas personas que en teoría serían diferentes al resto (como si el resto fuese un grupo homogéneo) porque tuviesen más limitadas que el resto algunas de sus capacidades, pero el caso es que aquel cursillo se había preparado para ellos y ahí el que menos pintaba era yo. Y sin embargo no tuve ningún problema en adaptarme al curso y aprender sus contenidos. Hicimos una veintena de prácticas de Word. Recuerdo aquellas grafías de colores, líneas y autoformas, el insertar flechas y cuadros (lo recuerdo muy bien, además, porque lo tengo todo en un pendrive todavía y alguna vez he mirado por encima todos aquellos contenidos). Practicábamos con textos modificando su presentación en dos, tres y cuatro columnas. Jugábamos con tipos, colores y tamaños de letra. Después de estar una semana estudiando todo lo que se podía hacer con Word (el principal sistema con que se escriben textos), vimos, un día o dos, Access. Para que conociéramos Access, Belén nos preparó una muestra de ejemplo que consistía en la organización del préstamo de libros que se podía llevar a cabo en una biblioteca. En nuestra biblioteca ficticia escribíamos títulos de obras literarias, su autor, su año de edición (creo recordar), y si estaban disponibles o prestados.

Me suena que hicimos alguna cosa más con Access, tal vez gestionar un estanco imaginario también.

Después de hacernos una idea de las posibilidades de Access (cosa que no he vuelto a usar en ninguna parte por el momento, durante estos seis años transcurridos) comenzamos a vérnoslas con Excel. Quien más quien menos conoce Excel, hoy en día. Esas hojas de cálculo están en todas las oficinas del mundo. ¿Qué hicimos con Excel? Recuerdo varios ejemplos, varias actividades: hicimos las tablas de multiplicar, aprendimos a insertar funciones (cosa que ya he olvidado completamente), probamos un recordatorio de las fechas a sellar la tarjeta del paro… (Es cada tres meses: insertabas una fecha al azar y aparecía la misma fecha más tres meses, más seis meses, más nueve meses…), vimos una posibilidad que avisaba de los medicamentos que iban caducando según la fecha, aprendimos a insertar gráficos…Todo aquello era muy bonito. Lo poco que recuerdo de todo lo que aprendí allí lo sigo empleando hoy en día. Es bastante, diría yo. La contabilidad de los gastos domésticos, por ejemplo, la llevamos en un libro (se llaman así, "libros") de Excel. Cada nuevo mes que pasa lo hacemos abriendo una nueva página del Excel del libro de nuestra contabilidad (de mi pareja y mía).

Es curioso: la crisis sirvió para ponernos las pilas. Hoy en día trabajo como recepcionista de hotel, y la verdad es que gran parte de la preparación que tengo viene de cursillos del paro. Me apunté a todo lo que pude apuntarme. Iba haciendo cursillos intensivos de todo: inglés, informática a nivel usuario, alemán, internet, recepción en alojamientos, iniciación al ruso…Si bien no te pagaban nada por hacerlos, cosa que sí que se había hecho alguna vez a finales de los años ochenta, al menos eran completamente gratuitos. Lo que sí que te pagaban, si la pedías, era una beca por desplazamiento. Cobrabas más si vivías en otro municipio distinto a aquel en que ibas al cursillo. Rellenabas un impreso que se pedía en el local donde se impartía la formación, lo entregabas ahí mismo y te decían que tal vez tuvieses que esperar un par de años, pero que el dinero de la beca por transportes lo acabarías cobrando, seguro.

Pues sí, éramos catorce o quince, y la mayoría eran mujeres. Había más chicas que chicos. Un par más.

María Jesús, aquella chica que decía recordarme del instituto (y de la que nunca supe, como de la mayoría de mis compañeros, en qué consistía su discapacidad) vino un día algo alterada al cursillo y enseguida estaba contando qué le había alterado.

—Jolín, ¡qué fuerte! ¿Sabéis eso de que encontraron hace un par de días a una mujer muerta a la que le faltaba la cabeza?

—Sí —dijimos algunos prestando la máxima atención.

—Pues resulta que la policía lleva un par de días entrando en mi finca. Se ve que la mujer era vecina mía, del cuarto piso, aunque realmente no la conocía de nada ni la tenía vista. Parece que la asesinó y le hizo eso un señor con el que llevaba unos pocos días saliendo.

Realmente, la historia era para no dormir. A María Jesús, sin embargo, parecía divertirle el asunto ligeramente. Su alteración parecía deberse a miedo ante un asunto tan terrorífico más que a pena o compasión por la víctima, pero pensé que era normal una reacción así.

Alguna cosa más pasó en el curso: uno de los alumnos desapareció. Nunca se nos explicó qué había ocurrido ni porqué. Alguien había estado atravesando una mala racha y no nos enteramos hasta que fue demasiado tarde. Se nos informó simplemente de que había ocurrido una tragedia. Nos sentimos incómodos y apenados y tampoco quisimos saber más. Tal vez hubiese unos que tuviesen más información al respecto que otros, pero el caso es que nadie volvió a referirse a todo aquello nunca más en lo que duró el cursillo, si no fue muy indirectamente. Fuese lo que fuese lo que le había ocurrido a aquel chico quedó claro que lo mejor era ni mencionarlo.

Pero no todo eran cosas malas. Recuerdo haber comido tarta o ensaimada alguna de esas mañanas. Se trataba de alguno de los apuntados al curso, que celebraba su cumpleaños así, invitándonos a ese buen desayuno.

…Y así fue pasando el tiempo, entre prácticas de windows, entre cafés con leche en el bar durante las pausas, entre chistes, entre sonrisas y buen humor. Los temas cotidianos también aparecían en las conversaciones que pudiese haber. En general, podemos decir, como se dice hoy en día, que había bastante "buen rollo". Yo hacía dos trayectos diarios de bus, de unos 45 minutos. Por la mañana iba desde el Arenal hasta la Plaza España de Palma. De la Plaza España caminaba unos 20 minutos hasta la Plaza Madrid. Al medio día recorría el mismo camino a la inversa. Ante el ordenador, sin embargo (teníamos uno para cada uno), es donde más tiempo pasábamos cada jornada. No mirábamos apenas a Belén. Ella nos iba diciendo cosas, nos explicaba lo que fuera, y nosotros, mientras la escuchábamos, aunque preguntásemos cualquier cosa, siempre estábamos de cara a nuestra pantalla. Estábamos sentados en forma de "C", mirando hacia afuera, y la mesa de Belén estaba en el centro de la abertura de dicha C. Como estábamos sentados no mirando hacia la abertura de la C, sino hacia afuera, para mirar a Belén teníamos que girar la cabeza, pues no la teníamos delante. Solamente los que estaban sentados en el lado trasero de la C miraban hacia Belén.

Pasaban las horas y pasaban los días, y el estado de ánimo colectivo iba cambiando de la decepción a la ilusión. Habíamos entrado ahí algo desilusionados e incrédulos ante la situación económica del país, era imposible acostumbrarse a lo que ni nuestros padres habían vivido: no estábamos preparados para ello. Pero sabíamos que lo que parecía aburridamente eterno más pronto o más tarde llegaría a su fin. Nuestro futuro, inevitablemente, sería, por suerte, estar trabajando en alguna parte. Ocurriría. Aunque solamente fuese porque se fuesen a dar ayudas a las empresas que contratasen a los alumnos de cursos como el nuestro, ocurriría. Y si se sabía, o se creía saber que ocurriría, que la rueda de la fortuna volvería a girar de nuevo, el estado de ánimo mejoraba.

Supongo que la gente discapacitada también estaba pasándolo mal. Un colectivo de personas como ese, que normalmente toca verse ayudado por el estado, debía pensar: "Si las cosas se están poniendo así de mal, y comienza a haber recortes para todo el mundo, por mucho que se nos intente proteger como colectivo débil que somos, más tarde o más temprano todo esto nos va a afectar también a nosotros, puede que recibamos menos ayudas de las que recibimos… Quién sabe adónde nos llevará todo esto". Y lo cierto es que un año o dos después de estar yo ahí con la gente de Asprom recibiendo conocimientos informáticos, casualmente estaba con mi ex, cuando aún era mi novia, en casa una tarde con la radio puesta cuando oí una voz conocida por mí. Era un amigo que estaba siendo entrevistado por un locutor porque que en ese momento era portavoz de una campaña reivindicativa que intentaba ayudar al colectivo de los discapacitados ya que, según se informaba, de repente les estaban quitando ayudas económicas. Con tanto recorte finalmente había llegado la sangre al río.

Es bueno hacer algo cuando no se está haciendo nada. Mejor que estar en casa sentado en el sofá viendo una televisión que no habla más que de crisis económica y la prima de riesgo y el posible rescate y...es hacer algo. Por suerte acabamos dándonos cuenta, y durante los años fuertes de la crisis la gente volvió a los estudios. Volvimos a ser niños, volvimos a ser púberes, volvimos a ser adolescentes, volvimos a los colegios y a los institutos, volvimos a estudiar, volvimos a dar agilidad a nuestra mente. No había otra cosa que hacer. O eso o irse a Alemania, como en los años 60. Mi novia, que ya es mi ex, un par de años después sufrió la crisis igual que yo, en principio yo perdí la suerte y ya no me llamaban de ningún sitio, mientras que a ella sí, pero finalmente cayó en desgracia ella, perdió la suerte ella al mismo tiempo que yo comenzaba a trabajar en un hotel.

Aquel curso no lo acabé. Lo hubiese acabado, pero cuando quedaba menos de un mes, ella, mi novia (mi ex), que era la que mandaba en casa, me vino a decir que yo ya había aprendido mucha informática, la suficiente para poder trabajar en cualquier parte (nadie me iba a exigir más), y que estábamos sin un euro y más nos convenía pasar las mañanas dejando currículos por toda la ciudad. Ella mandaba, estaba claro. Ella pensaba por los dos. A ella, que había decidido al principio que yo podía hacer un cursillo para discapacitados, sin serlo, ahora se le ocurría que ya iba siendo hora de que lo fuese dejando, cuando apenas llevaba dos meses en él. En fin. Lo cierto es que en eso de la urgencia que teníamos por encontrar trabajo consideré que tenía mucha razón, así que tampoco quise discutir esta vez.

¿Sería 2010? Mi madre lo sabrá, si le pregunto. Sabe exactamente cuándo se murió mi padre. Pero no quiero preguntarle eso.

Llamé a secretaría del centro a la mañana siguiente para avisar de que dejaba el cursillo y de paso me despedí.

—No te darán el título si no lo acabas, no conseguirás el diploma que dan. Has de completar como mínimo el ochenta por ciento de asistencia…Y es una pena, porque lo llevabas muy bien.

—Ya lo sé, pero da igual. No puedo hacer otra cosa. Ya no cobro ni ayuda familiar ni nada y estoy pagando una hipoteca, así que tengo que moverme ya. Dentro de un par de meses ya estarán cogidos todos los puestos de trabajo del verano de esta temporada. Me conviene moverme ya. Muchas gracias por todo, he aprendido muchas cosas.

—¡No, no, no —aquella secretaria, de reducida estatura, era algo paternalista—: el cursillo hay que acabarlo!

—Lo cierto es que me gustaría, te lo aseguro, pero ya poco más voy a aprender. No puedo esperar más, tengo que ponerme a trabajar ya de lo que sea, es urgente.

—…Bueno —lo aceptó finalmente—. Que tengas mucha suerte.

—Gracias. Que os vaya todo muy bien.

—Gracias. Adiós.

—Adiós.

No llegué a saber cómo acababa aquella preparación, qué pasaría al final. Se nos había prometido, o se pensaba, que después de la misma haríamos prácticas (los que la acabasen) en oficinas privadas. Un mes de prácticas, y, posiblemente, luego esas empresas nos darían trabajo. Eso era lo previsto, eso era lo esperado, y de eso, tal y como estaban poniéndose las cosas, yo no estaba tan seguro, no acababa de fiarme. Por tanto, no podía dejar pasar tres meses más sin un mínimo de seguridad.

No acabé el curso aquel de informática y mientras buscaba trabajo hice algún cursillo más. También nos presentamos a unas oposiciones para subalterno del ayuntamiento mi ex (mi novia de entonces) y yo. Casualmente encontré en ellas a una compañera del curso para discapacitados, pues también se presentaba para probar suerte.

He trabajado en varios hoteles desde entonces, y he pensado varias veces, y he de reconocer, que lo poco que sé de ordenadores lo aprendí aquellos días junto a aquella buena gente de la que ya he hablado. Tuve suerte, mucha suerte. Puedo asegurar que, fuese para discapacitados o no, aquel cursillo, impartido en aquel lugar concretamente, fue algo que me ayudó muchísimo a mí, personalmente, en mi capacitación profesional. Todo aquello que aprendí sigue siendo válido. Es más, sigue siendo, realmente, la base de todo.

Creo que en este mundo en que vivimos, muchas veces hablamos de cosas que no conocemos en absoluto, incluso comerciamos con información acerca de personas que no sabemos realmente como son, como si las conociésemos de toda la vida. Olvidamos que no conocemos el mundo, que lo único que conocemos, como mucho, son las palabras. Y las paseamos tanto de aquí para allá que a veces nos olvidamos de que todas van conectadas a referentes, todas representan algo, algo que deberíamos intentar conocer por nosotros mismos, para saber de qué hablamos cuando hablamos.

Este país tiene un problema enorme con las altas tasas de paro que tiene. (Al menos, para los parados sí que resulta problemática su situación). Puede que en este tema veamos que hay, o puede haber, una especie de discapacidad, o incapacidad, que se puede resolver como yo he escrito.

Pero si empezamos a recortar por aquí y por allá y cada vez hay menos cursillos gratuitos para parados, estamos produciendo más de la mencionada discapacidad o incapacidad, o como mínimo la estamos perpetuando.

No sabía qué me iba a encontrar en aquel local. No sabía cómo iban a ser mis compañeros, si vería muletas, sillas de ruedas, extraños artefactos... La verdad es que vi gente normal y corriente que abría su corazón y se dejaba llevar por su curiosidad. Vi gente joven que era como éramos todos los jóvenes españoles en aquel momento. Tenían las mismas preocupaciones que teníamos todos, o muchos, en 2010 ("¿Cómo lo hago para salir del paro de una vez y poder estar mucho tiempo sin volver a él?", "¿Encontraré trabajo?", "¿Les gustaré?", "¿Me querrán?", "Si encuentro trabajo, por fin, ¿seré capaz de mantenerlo?", "¿Me pagarán un sueldo digno en vez de aprovecharse de lo mal que está todo y mis miedos?", "¿Llegaré a cotizar todos los años que tengo que cotizar para poder alguna vez jubilarme teniendo una pensión digna?", "¿Me servirá de algo todo esto en lo que vuelco tanto tiempo?", etc.).

Supongo que debí ser el único que dejó el cursillo sin terminar. Ellos se volcaron más que yo. Eso, si lo pienso, me dice algo muy claro. Posiblemente yo confiaba más en mis posibilidades de encontrar trabajo que ellos, aunque luego, de todos modos, seguí en el paro un tiempo considerable con el que no contaba. Aquellos años fueron terribles de verdad. Aquel no parecía el país que yo conocía, aquel en el que había crecido. No nos habían preparado para algo así.

Ellos se aferraron a ese cursillo porque había lo que ya he comentado: la seguridad aparente de que una serie de empresas los iba a integrar, primeramente en un corto periodo de prácticas y posiblemente después les diese trabajo. Se suponía que iba a ocurrir eso. Puede que al contratar discapacitados aquellas empresas fuesen a recibir algún tipo de ayuda, paga o subvención, por parte del estado, como premio a su labor integradora. De ser así, como yo no tenía ninguna discapacidad oficial (ni no oficial), ninguna empresa iba a recibir ningún premio si me contrataba a mí, por lo cual era absurdo esperar más meses en ese entorno: tenía las mismas posibilidades de encontrar trabajo si terminaba el proceso educativo que si lo abandonaba en aquel momento. O no: posiblemente tenía más posibilidades si me iba a la calle a dar currículos en mano. El Arenal, mi zona, estaba plagada de bares, restaurantes y sobre todo hoteles. No todo el mundo podía alardear del conocimiento de la lengua alemana que a mí me había proporcionado un intensivo que había realizado cinco años antes. Tampoco todos tenían un nivel medio de inglés como el mío…Era un buen momento para comenzar a buscarse la vida. Estábamos en abril, y ya tocaba irse situando. En junio ya estarían todos los hoteles abiertos, como cada año, con su plantilla provisional ya formada. Los currículos ya se enviaban preferentemente por correo electrónico a muchos sitios, pero aún había quien quería verte y saber cómo eras y qué pinta tenías antes de hacerte siquiera una entrevista laboral.

Creo que lo que más nos capacita para poder trabajar es la aceptación de una rutina. En esto, estos cursillos intensivos, sean de lo que sean, siempre son muy válidos. Estás de lunes a viernes en una rutina de cinco horas seguidas haciendo un trabajo intelectual. Ya esto, de por sí, es como estar trabajando a media jornada. Has de ir cada día, no puedes fallar (puedes, pero normalmente no fallas). Aceptas la autoridad de un profesor, un tutor o un monitor que imparte el cursillo (a veces más de uno). Ya esto es como tener un jefe que va haciendo de ti alguien disponible, que escucha, que obedece realizando las tareas o actividades que se le piden que realice. Además, vas a hacer todo esto sin cobrar. Esto te integra, te ayuda mucho, ya que preferirás estar trabajando y cobrando a cambio un sueldo mensual. Por tanto, espabilas para encontrar ese premio relajante y merecido cuanto antes. Esta rutina te ayuda a seguir activo, a seguir sintiéndote trabajador. Te prepara para que, en cuanto haya una oportunidad, seas un parado menos. Te capacita para la vida en sociedad, en definitiva…

…Y otra cosa que nos ayuda a sentirnos capaces de todo, que nos da seguridad, que nos sube la autoestima y que nos facilita todo aquello que queremos emprender, es que se nos acepte tal y como somos, que nuestra persona obtenga la aprobación social.

Yo no era como ellos, pero me acerqué hasta allí. Fui hasta su terreno. Visité su refugio en un momento determinado de mi vida en que necesitaba ayuda. Era cuando buscaba desesperadamente algún oasis donde guarecerme de la intemperie económica y únicamente encontraba puertas cerradas por doquier. El caos de la vida se me mostraba más hostil que nunca...

Y solamente puedo decir al respecto que, cuando llegué hasta su cuartel general y me vieron, distinto a ellos y tan perdido, ellos me aceptaron.

APÁTRIDAS DEL PRESENTE

Desperté… Y volvió aquel sentimiento de tristeza de los últimos meses que el sueño de aquella noche había conseguido alejar y hasta hacerme olvidar. Vi las paredes de plástico de color naranja de la tienda. Ya sabía dónde estaba. Un rayo de sol me estaba calentado los pies. Se oían voces de otros niños que jugaban fuera. Pero no me apetecía jugar con ellos. No me apetecía ninguna cosa. Solo llorar y seguir llorando.

Nos vendieron sitio en aquel barco. Era muy caro, pero suponía la libertad. Después de varios días sin apenas poder movernos, la embarcación, abarrotada de turistas pobres, como nosotros, se hundió, por suerte tan solo a varias decenas de vuestras costas. El salvamento fue bastante sencillo, y no se ahogó casi nadie. Estábamos todos muy contentos: por fin éramos libres. Sin embargo, la policía, los militares, los sanitarios… No sabemos qué pasa, no sabemos porqué, pero no nos dejan irnos. Hay alambradas, vallas metálicas. Y cada vez somos más. Llegan más. ¿Cuándo y cómo acabará todo esto? Hay muchas cosas que prefiero no pensar. Pero yo qué sé…

Me duelen los pies. Llevamos horas en la cola. No avanzamos. O avanzamos tan lentamente que parecemos no avanzar. Y así cada día. Y llevamos semanas así. Ya ni recuerdo para qué era la cola. Otra vez nos han sacado una foto. Los periodistas no nos dan nada, pero sí que se llevan fotografías nuestras. Vienen, se ponen serios y hacen fotos. Después se van. Se alejan charlando tranquilamente. Se ve alguna sonrisa en sus caras. Es la diferencia. Nosotros llevamos ya meses sin sonreír. Nadie sonríe. No recordamos cómo se hacía. Los periodistas vienen, ponen cara seria, por un momento les preocupa el mundo tanto como a nosotros, pero en pocos minutos vuelven a ser libres, pues se alejan. Y de nuevo ya todo da igual. Y quiero volver a casa. Queremos volver a casa hasta que recordamos que nuestra casa hace tiempo que no es más que un montón de escombros.

MICRO-MICRORRELATOS

APRENDIZAJE

Esperó, habló, sedujo, besó, lamió, acarició, lloró, rió... Ligó, propuso una cita, habló, rió, convenció, conquistó, invitó, besó, miró fijamente, besó... La fue a recoger, se la llevó y lo hicieron varias veces. Luego vinieron otras. En ellas entró y de ellas salió. No amó a ninguna, ni ellas a él, pero aprendieron cosas. Creció, maduró. Llegó el equilibrio y ya no tuvo prisa alguna. Ante todo, cuidó. La cuidó de verdad.

ASTUTA IMPACIENCIA

Quiso saber, antes que el detective de la novela policíaca que estaba leyendo, quién era el malo, el asesino. Solamente había un modo de conseguirlo. Consiguió la dirección del escritor en internet y compró en una tienda de productos de broma una serie de artículos. Iba a torturar al causante de su problema hasta que cantase.

IGUALDAD ENTRE COMILLAS

Se habían conocido de muy pequeños. Habían ido siempre juntos al colegio. Los conocía todo el mundo como compañeros inseparables. Pero terminar así... Lo habían compartido todo, absolutamente todo. Pero ahora él no la dejaba a ella, que estaba fuera de sí, llegar hasta el teléfono. Ya no eran iguales. Parecía haber un "sexo fuerte" y un "sexo débil".

Se conocían como nadie conocía a nadie en el mundo. Y que esa relación estuviese acabando así es lo que era una verdadera pena. Tener que colocar fuerzas de seguridad entre ellos... Haber dejado, como dejaron Luis y Ana, que su amor se acabase, que lo suyo fuese una rivalidad sin fin... El respeto hacía mucho que ya no existía, como si uno fuese propiedad del otro, como se posee la ropa interior, lo que se usa y se tira… Era duro comprender que ya no se amaban (¿cómo iban a estar amándose a gritos?), que ya se había consumido y consumido todo. No podía ser real. ¿Es que había una fecha de caducidad? ¿Por qué ellos no tenían la receta, esa fórmula mágica maravillosa que tenían otras parejas, algunos amigos suyos?

Ya nunca estaban de acuerdo en nada. Seguían estando juntos… Pero hacía tiempo que se habían quedado solos, completamente solos.

NO PUEDO DAR MÁS

Era ya por la tarde y, aunque no acostumbro a hacerlo, lo solté en medio de la calle, lo dejé caer al suelo. Enseguida vi que una abeja bajaba de las alturas ante mis ojos hasta el lugar donde yacía mi regalo. ¿Qué se esperaba encontrar?: hay crisis. No nos sobra el dinero. Yo no voy tirando pasteles de nata. Lo mío era un escupitajo. Tras la comprobación el insecto huyó asustado.

PESADILLAS

No volveré nunca más a contar hasta diez antes de abrir los ojos, después de dormir. Es algo que sé desde que era muy pequeño.

MI OTRO YO

Mi otro yo solamente podía ser tú. Lo sabía, lo supuse, mi compañera. Sin ti no completo un todo. Separados no somos mucho. Había que quererse uno mismo, claro, pero eso no podía ser la solución ni estar bien si no servía para juntarnos. No podíamos conformarnos con lo que había. No podemos sonreír si no nos sentimos iguales, igual de libres, mujer.

LIBROS

No recordaba cuándo había comenzado a pasear entre esas páginas, si fue en aquella primera biblioteca de la infancia que recordaba, o convaleciente en cama por alguna enfermedad, o en la escuela, ni a que edad... Pero siempre habían estado ahí, alimentándole el alma, regalándole palabras e ideas humanas. Nunca tendría las palabras suficientes de agradecimiento.

EL PINCHE

Aprendió en un restaurante alemán a hacer tiramisú, patatas a la brasa, ensalada de frutas, vitello tonatto, y pelar decenas de patatas y rebozar decenas de escalope en tiempo mínimo. Limpiaba de excrementos gambones enormes y muchas doradas. Lo que más hizo fue fregar platos y cubiertos, y perolos gigantes. Su salud también aprendió palabras nuevas.

CAMBIO DE SUERTE

Mi madre siempre me está diciendo que deje de mirar el móvil por la calle, que cualquier día de estos me voy a matar. Pues sí... La verdad es que sí, que tiene toda la razón del mundo la buena mujer.

Y mira que hasta en el metro de Londres estuve recordando el maldito escalón de nuestro portal, porque te avisan a cada momento: "Mind the gap between the train and the platform" ("Al loro al bajar del metro no te la vayas a pegar por descontrolar con la altura que hay desde el tren hasta la plataforma de la estación..."). Pues nada: olvidé Londres y las recomendaciones de aquella voz grabada que reproducían una y otra vez en el metro.

...Y se oyó el "pataplaf" que produjo mi cuerpo despistado al chocar contra la plataforma lisa y recién fregada del portal de nuestra finca hasta en el tercero, eso seguro.

Tú, que en ese momento llegabas de la calle, abriste con rapidez y corriste hacia mí.

—¿Está usted bien? —me ayudaste a levantar.

—Sí. No ha sido nada.

Por fin hablábamos. Eso era lo mejor que me pasaba en mucho tiempo.

BODEGÓN

Saltó por la ventana. Sería muy rápido: solamente habría de esperar recorrer los cinco pisos que le separaban de la acera gris.

Cerró sus ojos, llenos de lágrimas, por última vez.

Su exmujer yacía muerta en la cocina. Trenta cuchilladas se habían encargado de ello. Había algunas frutas esparcidas por el suelo y trozos de cristal de una botella de vino, huellas, en definitiva del forcejeo, de la intensa pelea que había habido en el lugar durante la última media hora.

Ella, años atrás, le había perdonado sus primeros insultos. Nunca denunció ninguna de sus agresiones físicas. Pero haber sido asesinada tal vez no se lo pudiera perdonar nunca: la existencia de Dios no es algo demostrado.

CAMINANDO A OSCURAS

Los llamó el misterio. Y no dejaron que la llamada fuese en vano. Cogieron sus mejores armas y se fueron hacia allí a combatir. Los esperaba algo que no conocían pero que tenía buena pinta. Parecía tratarse de un valle, pero de un valle líquido.

Sabían que iban a enfrentarse a muchos otros, pero algo les decía que no había peligro, que no iban a sufrir daño alguno.

No había nada que perder. Probarían suerte.

El camino no era infinito, ni siquiera era muy largo, pero la impaciencia asomaba, al igual que las dudas, aunque el misterio, la emoción y hasta cierta ilusión, seguían tirando de ellos.

"Basta seguir...", se decían el uno al otro, "...sin temer nada, y una vez lleguemos, y sepamos que van llegando los demás a aquellos húmedos parajes, solamente habrá que esperar para saber qué ocurre".

Como la vida es aventura y quien no se mueve se anquilosa y no descubre nada, sabían que estaban haciendo lo correcto. La distancia, al menos, no sería el impedimento. Ya se habían puesto en movimiento, independientemente de que fuesen a tener éxito o no. Por lo menos lo estaban intentando, porque aquel valle de agua valía la pena.

ESPADA MATAFANTASMAS

Entre las sábanas nadie nos ve, ni nuestros padres ni nuestros jefes. Tenemos intimidad. Hay terreno, entonces, para la narrativa que tiene nuestra piel como protagonistas. Ahí estuvo siempre su campo de batalla. Ese fue su taller experimental.

Ellas, las chicas, fueron eternamente sus compañeras, y él había sido el elegante superhéroe, el chico especial de sensibilidad atractiva, aunque, realmente, pensaba, a veces, era repetitivo eso. Lo cierto es que recordándolo, tras haberse sentido un fuera de serie toda su vida, ahora se juzgaba algo sexista: ellas en su perpetuo rol: "su pareja", "su compañera", (y no viceversa), raramente alguna "ella" había sido el personaje principal de esos argumentos amorosos que se interpretan a dúo. No las había escuchado, no se había preocupado de eso. Solamente su propia voz había sido la importante. Nunca hubo diálogo... ¿llamaremos comunicación a lo que fue únicamente monólogo...no interrumpido sino respetado? Pero haberlas conseguido excitar y amar también había sido una proeza digna de admiración.

Era hermoso recordar cómo había ido ocurriendo todo, percibir, saber distinguir y tener conciencia de su progreso en el tiempo, cómo se había ido pasando de la torpeza de los primeros encuentros post-infantiles a esa necesidad corporal-emocional tan bien descrita por la pirámide   de   Maslow (québienquehabíaunMaslowquejustificasenuestraperpetuabúsquedadese speradadelauténticoamor).

Debía quererse. Por suerte eso de "quererse uno mismo" era un valor de la época actual, una conquista social irrenunciable. No debía ser demasiado autocrítico. No lo había hecho tan mal. Es que lo había hecho bien. Había consolado, había tranquilizado, había arropado, abrazado, mimado, seducido, convencido, acompañado, lubricado, exorcizado...estaba contento: no se había reproducido, pero sabía, estaba seguro, de que había amado, y, por tanto, había vivido.

ENAMORAMIENTO INTERPLANETARIO

—Que no, mamá: que se cree que soy tonta, que no me doy cuenta de lo feliz que está desde que han puesto a su nueva jefa: un robot, una replicante alimentada por energía solar fabricada en Faetón. Traidor. Ya se sabía qué iba a pasar con estas cosas. Qué rápido renegamos de los nuestros... Mira, la otra noche fui a bajar la basura orgánica y ¿qué me encontré?: un bebé, dentro del contenedor. Claro: lo subí a casa y decidimos que sería nuestro hijo, que no se lo daríamos al Gobierno. Enseguida él mostró sentimientos paternales. Pero le han durado poco.... Ya solamente está pensando en Nekane: ¡la puta extraterrestre esa! ¡Es que como la vea le voy a arrancar de golpe todos los hilos de cobre, alambres…o lo que tenga por pelos!!! ¡Seguro que lo tiene embobadito, hipnotizado y obediente, grabando datos en la oficina más horas que los demás, mirando de reojo sus bases giratorias, imaginando sus tetas metálicas…! ¡Es que los desintegro! ¡No, mamá, no quiero calmarme! ¡Mira tu móvil: mañana o pasado, verás en las noticias que una oficina ha sido destruida misteriosamente, por una bomba casera!

LA LENTEJA REBELDE

Dejó la novela de Orwell sobre la mesa. Dirigió sus pasos hacia la cocina. Echó una mirada a la olla que tenía puesta al fuego. Giró la tecla de los fogones para que el agua comenzase a hervir rápidamente. Tapó el metálico recipiente y volvió al salón para proseguir con su lectura. En cuanto salió de la cocina, la tapa de la olla se movió ligeramente y permitió escapar de un salto a una lenteja inconformista que iba a intentar escapar de su final.

Martín siguió dando brincos por la cocina. Y saltó por la ventana. Botando en línea recta no tardó en salir de la ciudad (se había escapado de un piso en las afueras). Llegó al bosque. Comenzó a organizar una rebelión vegetal en toda regla contra los humanos. Consiguió despistar, tras una asamblea de leguminosas libertarias, a unos escarabajos antidisturbios, que levantaron polvo lacrimógeno. Aprovechó la confusión y semi-enterrándose simuló ser piedrecita del camino. Continuó su peregrinaje implicándose en causas diversas: defendió públicamente a las amapolas que pretendían exhibirse desnudas sin vergüenza alguna… y acabó su vida en el estómago de una rata de campo.

LA CHICA DE CLOROFILA

Una tarde me dejé llevar por la curiosidad. Mi misterioso y gótico amigo Delfín iba cada anochecer a la playa, y esa vez me dio por seguirlo. Se sentó sobre la arena mirando hacia el agua. Una mujer de piel verdosa comenzó a salir lentamente del mar. Su aroma a clorofila, nos invadió. Se besaron. No necesité ver más para saber que el amor los unía. Me fui con muchos interrogantes en la cabeza. ¿Ella existía?, ¿era el espíritu de una mujer ahogada o qué? Días después, volví a seguir otra noche a mi amigo hasta la playa... Y allí estaban, con ojos tristes. Ella se alejó sola y entro en el agua, pero él finalmente se decidió a seguirla, entrando en el mar también. Me gustó eso.

—¡Delfín! —grité.

Se giró. Su piel, de la que también emanaba ese aroma a clorofila, había adquirido un tono azulado. Me sonrió y se desvaneció, toda su figura, en pocos segundos. Al día siguiente el diario hablaba de una tragedia. Yo, feliz, no lloré.

LLUVIA NEGRA

Salió corriendo de su casa. Estaba alterado, porque aquellas manos transparentes, de humo, le habían tocado de verdad en el pasillo. Pero se enfrentaría a ello. Eso le haría más fuerte. Además, no podía ser cierto. Abrió de nuevo la puerta. La sangre goteando del techo, las personas de miembros amputados, los ojos en el suelo, nada de lo que viese sería real.

Su imaginación le iba trayendo imágenes de todo tipo, todas ellas monstruosas. Iba a conocer sus límites, hasta qué punto aguantaría todo el horror del mundo, producido por su mente febril. Cuando sospechase la posibilidad de enloquecer dejaría de recrearse en lo maldito y visceral. Algo le decía que no podía ser real que estuviese viendo esas imágenes proyectadas en las paredes y el techo del pasillo de su propia casa, pero tanta nitidez, esos colores, ese realismo…Sabía que no estaba soñando. No era ninguna pesadilla, ni tampoco eran recuerdos de películas. Nada de todo aquel horror lo había visto jamás. Su deseo era abrir de nuevo y salir corriendo. Pero algo le decía que, si salía de ahí en aquel momento, jamás podría volver. Vomitó sangre y lloró.

LOS 7 HIJOS DE ADRIÁN

Adrián lo tenía decidido: él tendría siete hijos: un músico, un escritor, una bailarina, un filósofo aficionado al billar, un hombre muy generoso, un buen político y un profesor de inglés. El músico sería un creador de obras nuevas que entusiasmarían a todos. El escritor escribiría bestsellers. La bailarina obtendría prestigiosos premios. El filósofo desarrollaría una filosofía "metabolista", basada en el billar. El hombre generoso llegaría a ser un altruista obsesivo, empeñado en compartir hasta lo que no se comparte. El político traería esperanzas a una sociedad que ya habría perdido todas. El profesor de inglés sería un docente inventor de métodos de enseñanza que subirían el nivel profesional del país…

Pero Adrián pensó: ¿Y si no quieren ser como yo he proyectado? ¿Y si quieren ser camarero, doctora, jardinero, oficinista? La vida es impredecible e incontrolable… ¿Por qué pretender condicionar la trayectoria de los demás de antemano sin dejar que desarrollen su propia personalidad?

Ese día Adrián se dio cuenta de que aún era una persona muy joven, y de que, si se lo proponía, él mismo podía ser bailarín, escritor, músico, político, filósofo, una persona generosa, un buen profesor de inglés. Además, tampoco sabía si sería padre alguna vez. Aun así, volvió a casa de sus progenitores feliz y satisfecho de su paseo.

COMICS APETECIBLES

Había un libro en el banco. Tenía buena pinta, pero no lo quiso: le daba manía. Siendo de segunda mano, estando abandonado... hasta asco le daba. A saber por cuántas manos habría pasado. Como para todo hay término medio, tras calcular que tendría tiempo suficiente para ello, se sentó en el banco y se dispuso a leer el tebeo. Se lo leyó de un tirón. Rió, fue feliz por unos instantes, y, cuando acabó con sus cómics favoritos, los abandonó él también sobre el banco y se fue. Mejor hecho imposible.

PUNTOS DE VISTA

Se levantó del silla, apagó lo radio y bajó a la calle a comprar el diario. La sol, con su fuerza, realmente castigaba aquella mañana. Lo niña del kiosko le vendió una copia de la periódico, como cada día. Encendiendo un cigarrillo, pensó que parecía como si el mundo se hubiese vuelto un poco raro desde que había comenzado aquel cursillo intensivo de alemán. (¿o el luna lleno de la noche anterior lo había hipnotizado?).

EL CONSERJE DE NOCHE

Estás ahí siempre, al pie del cañón, para esperar a los últimos que vendrán cada día, cada noche, antes del desayuno, mucho antes del desayuno, "amanece tan pronto y yo estoy tan solo, etc.", como cantaban los Héroes del Silencio, sí, el silencio, tu principal compañero, cuando van bien las cosas, que si no... hay que llamar la atención, sí, vigilante del descanso, así está el tema, si beben no conducen, si beben te dan la lata, y mejor la lata que que te den sustos, que también alguno da un susto de vez en cuando, mi reino por una propina, esos regalos pasaron de moda, están en peligro de extinción. Y estás ahí, nadie te ve, ni siquiera la crisis, (la que hubo, de lo único que hablábamos, ¿recordáis?), pero estás ahí, sigues ahí hasta el amanecer, disponible hasta el amanecer, para ayudar hasta el cambio de turno, un cambio de turno que se espera como esperando a Godot: es decir, nunca llega, parece que nunca va a llegar. Sí, esto se acaba, el verano comienza a acercarse a su fin. Pero aquí estaremos. Aquí nos encontrarás, nosotros somos… los conserjes de noche.

EL HOTELITO DEL INFIERNO

Cenas, vas corriendo, coges el bus, llegas, te cuentan las novedades, comienza a irse el personal, y es que, de nuevo, te vas a quedar solo, cuidando, tú, ese enorme monstruo, tú serás el responsable de lo que cuenten mañana los huéspedes: esos tiquismiquis, esos borrachos, los antipáticos y los decentes, que también los hay. Resistes. Por fin...amanece. Oh. Descansar...

EL DESPERTAR DE ALETA

Aleta será una niña del futuro (aún no ha nacido). Una tarde, en vez de ir al colegio, se entretendrá inspeccionando una cueva profunda a la que tiene echado el ojo. Allí, entre cientos de libros, unos objetos que desconocerá, encontrará a Michu, (el habitante de la cueva), un chico simpático y extraño que le hablará de literatura y libros, e incluso se los dejará leer.

HADAS INSUMISAS

Un día, unas cuantas hadas jóvenes amigas, de bosque y ciudad, casualmente, durante una conversación, coincidieron en que ya no soportaban vivir en un mundo injusto, mediocre, sin magia… En ese momento se pusieron de acuerdo en que habían de crear un grupo de seres inteligentes dedicado exclusivamente a luchar a favor de la tolerancia, de la solidaridad, de la imaginación, del respeto, de la creatividad... Y así fue. Sus voces angelicales, cargadas de contenido, comenzaron a llamar la atención de unos y otros con sus constructivos y revolucionarios discursos. La gente, hostil, comenzó por decir que tenían pinta muy rara, pero eso no les pareció importante. Alguien sabría valorarlas, alguien entendería su misión. Muy decididas a romper el aislamiento comenzaron a contactar con ongs, cooperativas, radios libres, fanzines, asociaciones sin ánimo de lucro... de todo el mundo. Y así fue naciendo toda una red alternativa. Y de las calles, y de los medios de comunicación, comenzaron a desaparecer progresivamente la violencia gratuita, la incultura, la inhumanidad, la intolerancia, la superficialidad...

EVOLUCIÓN

Diario de David, 14 de octubre de 1995:

"Yo puedo hacerte disfrutar. Yo puedo hacer que te sientas mimada como nunca te has sentido. Entrar en ti y acariciarte por dentro, y besarte a la vez y rozar toda tu piel con las yemas de mis dedos, y que nuestras lenguas jueguen en nuestras bocas y... Sí, sí: que pierdas la noción del tiempo entre mis brazos. Si te digo todo esto, ¿por qué, si me escuchas, no me haces algún guiño, algo que me demuestre que piensas y sientes lo mismo que yo, que me estás deseando, que lo harías conmigo aquí ahora mismo? Es una pena, que, aunque muchos lo aseguren, la telepatía no funcione. Otra mujer, posiblemente necesitada de mi afecto y mi interés, va a perder la oportunidad de su vida. *Escrito en la cafetería de Irene. Las 4 de la tarde y 35 minutos.*"

Diario de David, 2 de febrero de 2017:

"Dejé, por fin, de mirarte como a una diosa. Eras una ambición imposible, mi amor platónico. Me derretía a tu lado. Estaba tenso cuando me hablabas. Volvía a casa soñando con que volviese a ocurrir al día siguiente. Pero, por suerte, todo comenzó muy rápido. Si nos teníamos idealizados, todo cambió. Uno se siente más tranquilo y más maduro simplemente por tener el derecho de manosearte los bajos hasta ponerte a cien. Que sea el pan nuestro de cada día, que me masturbes, que nos chupeteemos todo y que tengamos que cambiar las sábanas con tanta frecuencia, me tranquiliza, me convence de que el mundo no está tan mal. Hay justicia, finalmente. Hay equilibrio. Los cuerpos son del que se los trabaja...Seguimos vivos, después de tantos años. Seguimos haciendo el amor, después de tantas veces. Nos excitamos, nos corremos... Nunca estamos hartos. ¿Qué se más se puede pedir?"

EL MAGO

Recuerdo cómo hice mi primer amigo. Siendo aún un niño (debía tener 7 años) una mañana fuimos de excursión los de mi clase. Caminábamos con las primeras horas de luz por la ciudad, no recuerdo hacia dónde. Otro niño caminaba a mi lado y le confesé un secreto: "Soy un mago". Algo cambió en su mirada. Noté desde ese momento su curiosidad y su admiración. No paró de pedirme sus deseos, "Haz que desaparezcan los profesores", "haz que desaparezca la escuela, por favor"… y esas cosas. Pronto algo me comenzó a decir, por dentro, que debía ser sincero, pero claro, podía perder a mi primer amigo.

QUIEN LA SIGUE LA CONSIGUE

"Quiero ser escritora, ¿qué hago?" —le preguntó tras su recital.

"Nada" —respondió—. "Si le gusta escribir hágalo. Eso le llevará a algún lugar. Estamos en 2016. Dos genios murieron hace 400 años: Shakespeare y Cervantes. ¿Su secreto? No se dedicaron más que a escribir. Cuanto más escriba mejor. A ver si el próximo recital al que asistimos es suyo. Suerte". Pasados unos años, Julián miraba distraído las novedades de una librería, cuando una foto en un libro le hizo recordar aquel diálogo.

SE NECESITA DEPENDIENTE PARA LIBRERÍA

Vio el anuncio. No había número de teléfono. Recortó el trozo de papel que contenía el reclamo. Salió a la calle y corrió hacia la parada de autobús. Tenía prisa. Había de presentarse en la dirección indicada antes de que lo hiciesen otros. Dependían de ello sus futuras citas con George Orwell, Albert Camus, Patrick Süskind, Blas de Otero, Gabriel Celaya, Samuel Becket, Lord Byron, Milan Kundera, Franz Kafka...

HOMENAJE AL TETRIS

...sí, porque videojuegos, consolas, playesteishons, yo la verdad es que no, yo la verdad es que nunca, pero y aquellas primeras maquinitas que manoseábamos, ¿qué me decís de ellas? Nuestras geimbois, sí, y aquel genial tetris, ¿ha habido nunca un juego mejor y más constructivo que ese? La realidad, el mundo, todo se componía, aprendías a pensar, todo encajaba...

¿AMOR AL FÚTBOL?

Siendo yo aún muy pequeño, mi padre quiso compartir algo conmigo: su interés por el fútbol. Yo tendría 5 añitos y me llevó a ver al Dépor. Supongo que debí aburrirme mucho, pero estamos en paz: yo estuve todo el partido preguntando "¿queda mucho, papá?", y él siempre me respondía "Cinco minutos".

BUSCARSE LA VIDILLA

Sabían que no sería fácil vivir de la literatura, a principios del siglo 21. Oh, esos poetas insumisos, sin carrera alguna, ¿qué iban a hacer? "Malos tiempos para la lírica", ¿no? Para poder publicar en diarios ya te exigían Ciencias de la Información... Por mucho recital que hicieses tampoco había tantos interesados. Lo artístico, más que sus escritos, sería cómo conseguir sobrevivir.

LA PRIMAVERA LA SANGRE ALTERA

Sí, cada temporada, la del temprano turismo alemán, en la BierStrasse. Ya no veremos más 15 eMes, ni okupas guays. Y esos teenagers cosidos con piercings, de pelos de colores, half-tatooed, no, no son punkys, ni ya góticos, ya es otra cosa, (como todo). Bruce Springteen se sigue oyendo. ¿Recordáis vuestro primer pico? ¿Sobreviviremos al trabajo, a la crisis...? I hope so!!!! Xxx

¿QUÉ ES SOLIDARIDAD?

No sabría responder a esa pregunta-título, pero seguro que es parecida a "compañerismo". Os cuento...: yo era fijo en un restaurante.

Cuando se admitió que había crisis económica mundial, se decidió reducir plantilla. Un amigo, el pizzero mayor, que trabajaba conmigo haciéndoles ganar mucho dinero, en cuanto me liquidaron él también se autodespidió. ¡Bravo! No sonrieron. Yo sí.

LA HEROICIDAD DE UNA PAREJA

...Y Tristán, ¿venció al Morolt, luchó tánto... por Dios? ¿Buscó el santo Grial, como hicieron otros caballeros? No: Tristán fue un héroe diferente, el único de ellos que luchó y vivió (y murió) por amor, por su Iseo, arrebatada al tío Marc. El error de la criada Brangiel, los unió. Huyendo de Marc, rey, sobrevivieron un año en el bosque, solos. Dios ayudó a los amantes. Petit-Crué consuela a Iseo.

LA MUERTE QUE HAY EN NUESTRAS VIDAS

Tan solo intenté que pudiésemos regalarnos un día entero, como entonces, desaparecer un rato, que no existiese nada más que nosotros. Pero no ha podido ser: había responsabilidades, trabajo, otros compromisos. Me hubiese gustado que no hubiesen aparecido conceptos como la "prisa". Pero claro: vivimos aquí y ahora. Pues nada, me alegro de haberte visto. Cuídate.

LA REALIDAD SUPERA LA FICCIÓN

Eran las tres de la madrugada. Él abrió la puerta. Ella tenía cara de sueño. Él la había despertado. La hizo pasar. "Te he hecho venir para que veas esto". En el sofá había un bebé, dormido. Ella lo miró-interrogó. "Me lo he encontrado en la basura". Ella lloró. Él dijo: "Buscaré trabajo y lo cuidamos nosotros mismos". El escritor rompió de nuevo todo lo escrito. Lo deprimía del todo.

TRIBUS URBANAS Y SEXO DE INSTITUTO

Cómo olvidar aquella clase mágica. Éramos rockers, también hippies; éramos tecno, heavies, postmodernos, breakers y hasta punkies. Tú llevabas aquella camisa enorme dividida en dos colores, verde y rojo: la parte verde con fotos de políticos fascistas, y la roja con símbolos y fotos de héroes de la izquierda. Y enmedio de tanto surrealismo, una tarde que no estaban tus padres en casa, me llevaste a tu habitación y lo hicimos por primera vez.

EL PAYASO

Estaba harto de trabajar como un esclavo alimentando fortunas ajenas, y estaba harto de estudiar para acabar entre los parados de un país que sospechaba aún estaba en crisis. "Soy un artista: me inventaré mi fuente de sustento".

En una tienda de productos de carnaval, se compró unos zapatos de goma enormes y maquillaje.

Delante del espejo comenzó a maquillarse como un payaso. Salió a una plaza céntrica con un monedero grande que dejó abierto en el suelo. Esperó a la suerte.

DESEO QUE SE DESINFLA

Como quien cocina un aperitivo para uno mismo, estaba preparándose algo que fumar. Algo que la relajase, que le hiciese olvidar la última discusión que había tenido con Mario. Es que había sido muy fuerte... Estaban llegando a un punto muy chungo. Ya solo pegarse el uno al otro sería peor que lo que había. ¿Cómo iba así a mantener la ilusión de tener un niño, de ser madre alguna vez? Primero el hogar, luego los hijos.

Había ido mal con Ramón y había ido mal con Paco. Fue mal con Juan también, pues acabaron aburridos los dos después de algunos años juntos haciendo siempre las mismas cosas cada día. Los rollitos de fin de semana nunca habían trascendido, así que para que pensar tampoco en Tadeo, en Miguel, en Iñaki o en tantos otros. Su primer gran enamoramiento en el instituto, todo lo que sintió por Jesús, su primer amor, ya había acabado mal en muy poco tiempo. El fin de aquella relación ya la había llevado a un proceso de autodestrucción que se estuvo alargando un par de años. Acabó muy colgada. Y él feliz de la vida con otra gente. No había sido mutuo ese sentimiento tan intenso.

El deseo de ser madre iba alejándose cada vez más, sin remedio.

Cerró los ojos para intentar dormirse. "Como no me quiera yo misma…", pensó. Y dejó caer la colilla del porro sobre el suelo vacío. Sabía que no había peligro alguno.

ADIÓS, ESCUELA MODERNA

Corría el año 1906. Varias madres comenzaron a comentar, una mañana, ante la puerta de aquel triste local de la Calle Bailén de Barcelona.

—Esto tiene muy mala pinta. Llevan ya varios días sin abrir la escuela.

—He oído cosas muy malas. Todo es por lo del bibliotecario. Dicen que él y Francisco Ferrer quisieron matar a Alfonso XIII.

—No sé. A mí me parece que todo esto es culpa de Maura. En esta escuela hay anarquistas y Maura los odia a muerte. Pobrecitos.

—¿Pobrecitos?

—Te digo que el malo es él. Ya lo verás. Y la iglesia está detrás de todo esto también. Quieren combatir todo este ateísmo que está surgiendo. Pero esto se fundó con la fortuna de una francesa creyente, su amiga la señora Meunier.

—¿Crees que los niños estaban a salvo en esta escuela?

—Sí. Eran muy felices aquí.

—Pobre escuela buena. Adiós.

UTOPÍA EN ARAGÓN

—Eso es una utopía que nunca se podrá realizar.

—Ah, pues yo he oído que hubo en Aragón (también en Cataluña…), durante la Guerra Civil, muchas comunas, que en las ciudades tenían el poder los nacionales, pero en los pueblos llevaban las riendas los anarcosindicalistas.

—¿Es posible?

—No sé, supongo que sí, que habría muchas colectivizaciones de las tierras. Claro: luego la historia la escriben los vencedores, y en España nuestro propio Triángulo de las Bermudas hizo desaparecer toda la información posible… Pero fíjate, por la zona de Huesca aún quedan pequeñas aldeas abandonadas, y gente que intenta rehabilitarlas…

—Sí, por una parte gente con proyectos bonitos que se materializan en campamentos-talleres de verano, y por otra "okupas"…

—Sí, es verdad. Aquí han pasado cosas sin precedente en la historia, cosas que indican que realmente el mundo puede ser de otro modo.

ALTERNATIVOS ENAMORADOS

Se sintieron cada vez más cercanos el uno al otro. Comenzaron a quedar en exposiciones, inauguraciones, recitales y conferencias. Se aficionaron a escribir poemas a dúo, así como a pintar cuadros también entre los dos. Un sentimiento fuerte comenzó a unirlos. Los primeros besos fueron tímidos, los siguientes algo totalmente apasionado. El amor entre ellos no fue eso tan bello que habían oído describir toda la vida y ahora los unía, sino algo que fueron creando ellos por sí solos y según sus apetencias. No había ningún manual escrito, pero como a caminar se aprende andando...

Aún los recuerdo.

DEJANDO DE DISCUTIR

Ya estaban de nuevo discutiendo. Por cualquier motivo saltaba la liebre. Y luego cada cual quería tener la razón y solo eso era lo importante: demostrar al otro que se equivocaba, como siempre. Ambos habían tenido otras parejas anteriormente. Ambos habían fracasado varias veces. Ella se dio cuenta de que posiblemente estaban fracasando de nuevo. Si seguían discutiendo ese tema y en ese modo todo iba a irse por el desagüe. No dijo nada y se dedicó solamente a escuchar lo que decía él. Él fue bajando la voz y se acercó hacia ella. Se besaron suavemente.

DECLARACIÓN

Después de meses enamorada en silencio, decidió declararse. No creía en los finales de película, las cosas eran cada día más complicadas.

No confiaba demasiado en sus posibilidades, por mucho que ensayase a diario ante el espejo.

Estaba harta de envenenarse por dentro sin que los demás se enterasen.

—Me gustas mucho. Creo que me he enamorado de ti. Si te intereso dime algo pronto —dijo eso y se alejó enseguida.

Él no sentía lo mismo por ella, pero tampoco la rechazó. Se quedó pensando. Tenía una duda, un conflicto. Ella, sin embargo, se sentía tranquila y liberada por fin.

ROBOTS

Lo tenían acorralado. Abrió la ventana para intentar escapar, pero no le daba tiempo. Un robot extensible subía, alargándose desde abajo. Se giró nervioso mientras oía como alguna máquina agresiva aporreaba la puerta. Cogió la botella de agua medio llena que tenía sobre la mesa del despacho. Lo único que se le ocurría que podía hacer era atacar a esos engendros electrónicos con agua. Tal vez así pudiera provocarles cortocircuitos y dejarlos fuera de combate. Sonó el despertador.

ALAS DE BARRO

UNO

Ya he decidido su nombre: se llamará "Irene". A mí me gusta. Será rubia, lo máximo posible. Sus ojos serán oscuros, y su nariz pequeña. No hace falta que sea muy alta. No importa, nunca me he ilusionado demasiado con chicas altas. Pero mejor si es delgada: me apasionan las princesas delgadas.

Crearé una historia. La conoceré. Llegaré posiblemente a enamorarme de ella. Nos amaremos... Sí, crearé la historia. Nadie podría realmente, en este mundo, llegar a amar a un enfermo como yo. Además, no voy a encontrar a la persona de mis sueños en los siete u ocho meses que me quedan de vida.

Me lo inventaré yo mismo todo, porque mi imaginación es preferible al mundo real. Estoy en paz conmigo mismo, mientras que la vida en sociedad solo decepciona y angustia.

Conoceré a Irene en una playa solitaria, de noche. O no: tal vez en una cafetería del centro… O puede que me la presente algún amigo, porque en esta historia tendré amigos, alguno habrá.

Esta historia comienza ya, y ha de durar tanto como el resto de mi vida.

DOS

Adornaba la ciudad un fresco atardecer de otoño. Mis pies hacían crujir las marchitas hojas que, decididas, salían a mi paso. Observaba a los demás y no encontraba nadie a quién saludar. Un viento amable movía mi cabello.

Sentía en mi piel la claustrofobia que me producían mis dieciséis años de edad. ¿Había algo que pudiese hacer? ¿Cuándo iba a poder comenzar a pintar mi camino con mi propio pincel?

Adormecido por mis pensamientos tardé en darme cuenta de que alguien me observaba. Era una muchacha de mi misma edad. Su pelo rubio caía ondulado contrastando con la oscuridad de su negro jersey. Sus ojos eran negros, a más no poder. Su diminuta nariz, redonda, resultaba sin duda curiosa. La chica se hallaba sentada en un banco de madera. Junto a ella había un árbol que ya había dejado caer casi todas sus hojas y un gatito dormido sobre el frío suelo. Un par de veces la miré de reojo. También ella me miró, y expresaba tristeza.

Tardé bastante en llegar a decidirme, pero al final me dirigí hacia la muchacha y me senté en el banco a su lado. Necesitaba hablar con alguien.

Ni siquiera contestó a mi sencillo "hola". No hay nada que pueda doler más, en según qué momentos, que te nieguen el saludo. Quedé algunos minutos mirando los cordones de sus botas oscuras y me levanté. Preferí marchar.

A veces, cuando ya siento que la soledad comienza a devorarme vivo, necesito hablar con alguien para desahogarme. Supongo que en muchos casos la melancolía viene a partir de la incomunicación. Sin embargo, hay ocasiones en las que no encuentras a nadie con quien tomarte una cerveza y charlar un par de horas. Puedes hablar contigo mismo: yo lo hago en infinidad de momentos, no hay problema alguno, ni hay porqué pensar que es cosa de locos. No es un gran desahogo, pero prefiero hablar a solas antes que estar con otra persona que sé que no me va a decir nada.

Volví a caminar por aquellas calles de las que la gente comenzaba a desaparecer. De vez en cuando una fría ráfaga de viento helaba mi rostro. Un par de veces tuve la tentación de ver por un momento la imagen de aquella chica, pero no lo hice. (Miento: me giré y la vi cuando ya era una sombra que apenas podía distinguirse.)

TRES

Aquel día era también por la tarde: la misma tarde nublada, el mismo otoño, los mismos árboles desnudos... El banco en el que me senté era el mismo del día anterior. En esa ocasión, sin embargo, no había chica, ni gato. Protagonizábamos la escena yo y un cigarrillo entre mis dedos. Tenía algo de sueño: había dormido muy poco aquella noche. Había permanecido despierto y discutiendo yo solo multitud de temas. Saqué alguna que otra conclusión. Llegué un par de veces a donde quise llegar. Dicha madrugada había finalizado un capítulo más de mi lucha interior, y me hallaba, por tanto, más o menos satisfecho.

Debían ser, según mis cálculos, las seis o las siete. Nunca me gustó llevar reloj. Ya estaba oscureciendo. Yo esperaba pacientemente a la muchacha a la que solo había visto una vez, pero que, aun así, comenzaba a adueñarse de mi pensamiento. No había cita alguna, sin embargo, estaba seguro de que ella acudiría, dejaría escapar un tímido saludo y se sentaría a mi lado. Aparte de eso, no sabía qué podía ocurrir. Tal vez me pidiese un cigarrillo: se hace muy a menudo como excusa para iniciar una conversación.

Lo único que sabía de ella era que se llamaba "Irene". Lo sabía, pues yo elegí su nombre. Irene. Era un nombre precioso, quería decir "Paz" en griego, Eirenen. Ese era el nombre de chica que más me gustaba.

¿Por qué estaba triste cuando la vi sentada en este banco? ¿Habría discutido con sus padres? Quizás le ocurre lo mismo que me pasa a mí: que no tiene amigos. Los que no tenemos amigos en muchas ocasiones estamos tristes.

No sabía nada de esa muchacha y, sin embargo, me llamaba mucho la atención. Solo sabía que su nombre era "Irene". Solo sabía que tenía un nombre realmente precioso. Y si de algo estaba seguro era de que iba a venir.

CUATRO

¿Tal vez decepcionado? No, tan solo indiferente. ¿Por qué había de decepcionarme? Ni siquiera la conocía. ¿Puede decepcionarte una persona a quien no conoces y que no te conoce a ti? Si con alguien estaba enfadado era conmigo mismo, por creer en situaciones improbables, por perder el tiempo sin motivo racional, por ser demasiado poco realista.

Apretaba fuerte los puños contra el interior de los bolsillos queriendo atravesarlos. Era otra tarde melancólica más. Y se acercaba la navidad, una navidad que prometía ser más apagada que nunca. Mis ojos observaban el suelo, al caminar lentamente, quizá intentando encontrar algo más que colillas, papeles pisoteados o trocitos de vidrio. Siempre, desde que tengo uso de razón, me ha gustado mirar hacia abajo. A veces encuentras objetos valiosos que merecen ser recogidos. (También hay quien no encuentra nada aparte de, pasados algunos años, malformaciones en la columna vertebral).

De vez en cuando alzaba la vista. Veía el rostro de alguna persona y me preguntaba si esa misma imagen habría desfilado ante mis ojos en algún otro tiempo. Me asombraba a mí mismo pensando en la cantidad de individuos distintos que se pueden llegar a ver: un señor bien vestido por aquí, una viejecita enlutada por allá, dos novios besándose en un portal, uno de los cuales podía haber sido yo, de tener más suerte, un niño que por pocas me atropella con su bicicleta... Tal vez alguno de todos ellos, desconocido para mí en aquellos momentos, llegara a significar algo en mi vida algún tiempo después. Nunca se sabe.

"Pero... Irene... ¿qué debe estar haciendo y dónde? Irene... puede que no exista. Muchas veces piensa uno que nada existe excepto él. Sólo existo yo, y lo que se halla ante mi vista. Mi casa no existe hasta que no entro en ella. Cuando estoy en mi casa deja de existir la calle. Nada existe de lo que se halla a mi espalda. A mi espalda ya no hay nada".

Oscurecía: o sea, otro día monótono caminaba despacio hacia su fin. Pero era un día como tantos otros, solamente un día más. No. Un día es algo irrepetible, a pesar de lo que hoy o mañana nos pueda parecer.

CINCO

No se podía negar: era una voz bonita. A mi espalda había sonado ese tímido "hola" que yo tanto había esperado un par de días antes. Al girar hacia atrás encontré a una mujercita sonriente. Sí, vaya: era Irene. Si la hubiese descubierto algún día antes tal vez me hubiese alegrado, pero ya en esos momentos me resultó indiferente.

Saludé, sin embargo, y me senté junto a ella en un banco de mármol, frente a unos columpios en los que de pequeño había reído miles de veces.

—Siempre que te encuentro estás sentada.

—Sí –sonrió—, debo parecerte algo perezosa.

—Al menos hoy no estás triste.

—Aquel otro día que me viste estaba nostálgica. ¿No te ha pasado nunca?

Solté el cigarrillo y para que dejase de humear lo aplasté bien aplastadito.

—No –respondí—, porque solo echo de menos mis primeros años de vida. Después de esos primeros años no he hecho gran cosa.

Al oír aquello Noelia no pudo evitar sonreír. Cuando creí que íbamos a inundarnos de una trascendental y no breve conversación, Irene saludó a una amiga con la mano. Presentí que ya se iba a ir, y, entonces, ahora no recuerdo si sentí tristeza o simplemente la indiferencia de la que hablé anteriormente.

—Me voy, chico —dijo poniéndose de pie—. Ya nos veremos.

—Vale. Como quieras.

Creo que, en el fondo, me sentí algo triste viendo cómo iba alejándose.

—¿Cómo te llamas? —su voz la trajo el viento, acompañada de odiosas motas de polvo que se introdujeron bajo mis párpados. Recordé, durante un fragmento de segundo, que "quien bien te quiere te hará llorar", pero desterré aquel pensamiento automáticamente puesto que, por el momento, no tenía sentido.

—¿Qué más da?

—¡Ah, bueno! —pareció conformarse la chica mientras seguía caminando.

—¿Tú?

—¡Yo... Noelia!

¿Eh? "¡Noelia!". Había dicho "Noelia". Así que Irene entonces no se llamaba "Irene", sino "Noelia". Eso no podía ser. No pude comprenderlo. No era cierto. ¿Por qué había dicho "Noelia", si ella sabía tan bien como yo que tenía que llamarse "Irene"? Yo la creé. Yo escogí su nombre. La seguí con la mirada hasta que ella y su amiga se perdieron de vista. Dos o tres días más tarde me quise dar cuenta de que su nombre era realmente el que me había entregado en la distancia. Allí, sentado en aquel banco de mármol, decidí no dar más vueltas al asunto y cambiar mi intriga por otro cigarrillo. Me arrepentí, eso sí, de no haberle dado yo a ella mi nombre. Por dármelas de interesante tal vez hubiese quedado como un crío. Esperando que ella no le diese demasiada importancia por el momento pensé que lo arreglaría en cuanto me fuese posible.

SEIS

"Sé de sobra que éste no es mi lugar. Realmente no importa demasiado. Lo que he leído en este cuaderno me ha hecho pensar que, quizá, cada vez que escribes algo nuevo lo haces sin mirar lo escrito durante los días anteriores. Tal vez jamás llegues a leer esta página. Mi intención es esa, precisamente. O no. No sé hasta qué punto quiero o no que descubras este escrito. De todas formas, tanto si lees las hojas ya pasadas como si no lo haces, al escribir, te podrías dar pronto cuenta, al hojear un día distraídamente el cuaderno, de que ésta no es tu letra, por tanto, arrancaré esta hoja y la dejaré doblada al principio.

He abierto este "diario", llamémosle así, y lo he leído palabra por palabra, línea tras línea. Puede que eso sea indagar en tu intimidad. No sé si importa. Me interesa lo prohibido...o en todo caso me interesas tú.

Dicho "crimen" me ha ayudado a conocerte un poco mejor. Tal vez antes de ahora no te conocía en absoluto. Seré sincera: el conocerte un poco más me ha llevado a la conclusión de que no sé nada de ti. Sí: eso es cierto. No sé nada de ti, lo cual consigue atraerme. Siento un no sé qué estúpido en mi interior.

Supongo que si algún día lees esto pensarás que todo no es más que una tontería: que esa atracción, y, al mismo tiempo, miedo, que me inspiras son absurdos, sin sentido. Sí, eso pensarás, pero, ya te digo, realmente no importa demasiado".

Sí: tal vez si Noelia encuentra algún día este cuaderno escriba algo como esto. O tal vez, de algún modo, esto ya lo haya escrito ella.

Los dos chicos, Noelia y Nacio, estudiaban en el mismo instituto. Aquello fue una suerte, porque coincidirían en el Viaje de Fin de Curso. Ese año iban a ir a Londres. Aquel sería un viaje que difícilmente olvidarían. ¿Cómo no recordar eternamente aquel aventurero navegar en barca sobre el río Thamesis? ¿Cómo iban a olvidar el haber entrado en la Tate Gallery? Caminaron juntos, ya como una pareja, dentro del grupo escolar, por las calles del centro, de Picadilly Circus, por Trafalgar Square... No se separaron para hacer ninguno de los trayectos en metro. Hablaban el uno con el otro cuando encontraron aquella estatua de Peter Pan, con sus caracoles y ratoncitos incluidos, que se halla en el Hyde Park. Fue durante aquel viaje inolvidable cuando comenzaron a sentirse novios.

AVENTURARSE

Nacio se pone unas botas de agua que compró en Villa-templada. Esconde sus miedos en un abrigo grande y verde, y se protege la cabeza con una gorra.

—Es que me voy a llenar el carro de castañas —asegura.

—No te has de alejar. Seguro que llueve. Mira cómo está el cielo.

—Tía, estamos en noviembre.

—Por eso mismo, cariño. Seguro que llueve. Así que no tardes demasiado.

—Bien. Cogeré cien mil castañas, y un cervatillo.

Noelia ríe maternalmente, cogiendo de las manos a su héroe.

—¿Y cómo lo vas a cazar?

—Con mis propios dientes. A bocados. Pero no lo mataré, lo traeré para que nos haga compañía.

—Este es mi hombre. Dame un beso.

Nacio y Noelia se dan un beso en los labios. Es un beso suave, casi sin presión y sin ruido.

—Te quiero mucho guapísimo mío.

—Y que dure. Bien, saldré. No abras a nadie.

—Je. Haré que enseñen la patita por debajo de la puerta. Llévate un paraguas viejo y no te lo robarán.

—Jé. Bueno.

—Y, en cuanto empiece a hacerse de noche, aunque no llueva, te vienes. Esta noche lo más seguro es que casi no haya luz.

—Muy bien. ¿Algo más?

—Nada más, guapetón.

Noelia se queda pensando, mientras Nacio se aleja con su carrito caminando y tarareando algo.

"Cuando se va mi niño, que, la verdad, no ha mostrado ni el más leve indicio de desear que lo acompañara, a veces tengo miedo. Me preocupo. Imagino que vienen gentes malas, y cosas así. El caso es que tengo miedo si se ha hecho de noche y todavía no ha venido. Ahora no, y no me apetece tener miedo. Me pondré a dibujar.

Aquel día que se fue a pescar, me imaginaba que mientras cogía truchas, tres ninfas o hadas, no sé, salían de la ría, y le cogían. Eran tres seres femeninos. Lo desnudaban, le hacían múltiples caricias, y el muy bribón, e indecente, se dejaba hacer. Aquel día volvió a casa cuando era de noche, y llevaba con él una sonrisa muy misteriosa, como de secreta felicidad. Nada me explicaba la razón de su enigmática alegría.

Permanecí sin comentarle nada de nada, unos cuantos días, un poco irritada. Tampoco mi niño me preguntó el motivo de mis perceptibles sentimientos, y eso alimentó mis sospechas, que empezaron a derivar en celos. Son casualidades misteriosas que me hacen pensar. Bien, creo que me pondré a dibujar".

Y dibuja paisajes, algo surrealistas. Aunque su tema favorito son los árboles, desde hace algún tiempo. A veces también dibuja lobos, mares, pescadores junto a barcas...

Mientras tanto, Nacio camina solitario, como si fuese un pastor del norte, por un terreno gobernado por árboles, de tierras mojadas. Es seducido por el sonido que producen sus botas al caminar entre hojas que cubren el suelo, entre las verdes hierbas y los pequeños lagos que forma la lluvia. Cuando se mete en el bosque, lleva consigo un arma de protección: un palo fuerte, casi tan alto como sí mismo, con unas puntas injertadas que sobresalen del extremo superior, que se hizo para protegerse de lobos y jabalíes. Y si oye aullar a algún lobo, se detiene y agarra fuerte su bastón mágico.

ABRAZARSE

A Noelia le gusta quitar telarañas de las paredes.

—Pero, coño, tía —protesta Nacio—, si son guapas. Además, dice mi madre que traen buena suerte, ¿sabes?

Se quieren bastante. Y se dan muchos besos, muchos mimos. Se adornan el cuello con chupones. Sienten un amor joven y lleno de vida.

Hablan porque disfrutan hablando. Y acaban durmiendo abrazados, después de largas veladas de recuerdos y gracias, pequeños chistes espontáneos, en la cama, mirando, sonriendo, hacia el techo, y dándose besitos con las luces apagadas. Los ojitos brillan infantiles.

No son de los que se meten en la cama para dormirse enseguida. Han de coger el sueño hablando y pellizcándose mucho.

En el presente en que viven cautivos no se plantean demasiadas cosas respecto a los tiempos que vendrán. No les preocupa. Y es que el día a día suele resultar muy atrayente.

Planear futuros es absurdo. ¿Cómo puede alguien planear futuros? Es raro. Sólo hay algo que no cambia: el ritmo natural del tiempo: los días, los meses, las estaciones.

Cuando están juntos en la cama, medio dormidos, hablan de tantas cosas... El de qué no importa. Se inventan miles de historias y personajes, y situaciones teatrales, y hablan de películas y de aventuras que han vivido o les ha contado alguien. Ella le habla de cuando era pequeña, se sumerge en recuerdos e ilusiones que tiene, o busca en él una amplia penumbra cálida y protectora de sus miedos. A Nacio le gusta dormir abrazado a su mujercita mientras que ella le habla.

QUERERSE

Tal vez de aquí a un puñado de años, no estarán juntos, alguno de ellos se habrá ido a vivir a la ciudad, y puede que hasta tenga hijos... qué historia tan rara sería... Si es Noelia con algún hombre, o si es Nacio con alguna mujer... (y quién sabe si siguen juntos el uno con el otro hasta el fin). Pero ahora en el mágico presente en que respiran no les amarga pensar en eso.

¿Quién sabe? De aquí a unos cuantos años vivirán juntos, o puede que alguno de los dos viva en Villatemplada. Ahora es algo que no les obsesiona. Son pensamientos, casi imaginaciones, sobre un futuro probable que tal vez alguna vez llegue. Son felices viviendo donde y como viven.

Tienen su propio reino de gallinas y lechugas. Se levantan por las mañanas, y, con alma de "niños de la tierra", saludan a los gorriones, a los árboles, al viento, al sol.

No necesitan alimentarse de realidades domesticadas por el cristal del televisor. No atesoran joyas. No contemplan montañas de dinero, ni en sueños. Materialmente tienen poca cosa: lo necesario para vivir. Pueden alimentarse en un lugar semi-mágico, y les envuelve el amor, muchísimo amor.

Se puede decir que son relativamente felices, porque se sienten bien como están. Necesitan ser como son. No hay abrigos de lujo. No coleccionan carísimas y sofisticadas esculturas de arte postmoderno.

No les gusta perderse, sentirse desorientados, y es por ello que tienen algún reloj de pulsera, y calendarios. Y un regimiento de libros, toda una barricada moral de libros. Y además, escriben muchas historias. Y dibujan paisajes. Viajan a lugares extraños y bellos. No aprenden más filosofía que la que se desprende del ambiente donde viven.

Con el calor que se dan, y en que convierten las maderas del bosque, sobreviven a los tiempos fríos y húmedos, los tiempos del norte. A veces tienen pesadillas, pero difícilmente tienen pesadillas comunes. Así, normalmente se pueden consolar y apoyarse mutuamente. Les gusta pellizcarse y hacerse cosquillas. Si pudiesen, en muchas ocasiones se meterían enteros el uno dentro del otro, por puro amor y hambre. Y no lo consiguen, así que se han de conformar con hacer el amor salvajemente, de tanto en tanto.

Les gusta recoger agua de lluvia. Cogen agua que cae de las nubes con barreños y grandes cacerolas donde la hacen hervir, y la beben sin manías. Y así se sienten como más naturales y auténticos. Sólo es como una ilusión infantil, una de esas ilusiones infantiles de las que no quieren alejarse: beber el agua que cae del cielo.

PROTEGERSE

Inmensidad de árboles. Las hojas de los árboles se mueven notable y susurrantemente. Se han desatado unos cuantos vientos. Y huyen los pájaros, trazando dibujos móviles y variantes en el cielo. Emigran dirigiéndose a otros lugares. Hace viento, y se nota en el Poblado.

El Poblado consta de algunas construcciones en proceso de rehabilitación.

Noelia dibuja en un cuaderno de hojas blancas, sin cuadrículas ni renglones. Dibuja más enérgicamente para reflejar la oscuridad en los sombreados, y es suave cuando hace relieves o volumen, para plasmar la silueta de las hojas de los árboles, y para situar hierbas que crecen en los caminos. Noelia dibuja. No piensa: en esos momentos se deja llevar por imágenes, recuerdos, a veces tan sólo visuales, de la vida urbana. Noelia dibuja. Ha empezado a llover.

Caen gotas grandes, de las que se notan. Se oye el sonido producido por las hojas de los árboles, rozándose unas con otras, al ser removidas por el soplido juguetón del viento. Confeti grande y verdoso esparcido por un gracioso que anima a los demás en una fiesta. Un móvil que se mueve, en el techo se sujeta, en una habitación infantil, dejando girar los pequeños adornos clónicos que lo forman.

Se inicia una lluvia que durará unos cuantos días, y Nacio comienza a caminar hacia el encuentro de la casa y de su compañera. Abre el desastrado paraguas y tira del carrito con la mano, o las dos manos, cada vez que una rueda, o las dos, queda inmovilizada, encallada en el irregular terreno. Cuando llegue, las castañas estarán totalmente empapadas, gracias al agua caída de las nubes. Pero las castañas son impermeables. Y no le parece preocupar.

Tan solo ha podido llenar medio carrito. Es que empieza a llover cuando menos te lo esperas.

Llegará a la casa. Y Noelia estará dibujando, posiblemente.

Mostrará su no consolada preocupación, alimentada desde hacía rato, como suele ser cuando hay tormenta y está sola, esperando.

Nacio llega a un camino que está adecuando con Noelia, arrancando hierbas. Empezaron a hacerlo con Tomás, Leopoldo, Irene y Natalia, poco después de llegar al Poblado.

El Poblado está formado por tres casas, hechas de piedras grandes, piedras del tamaño de una Biblia, una antigua iglesia que existió en una construcción más pequeña, y una casita que hace las veces de excusado, aproximadamente de la altura y espacio de una cabina telefónica.

Una de las casas tiene un corral interno, donde hay dos carros antiguos de madera muy deteriorada, apoyados en ruedas muy grandes. Están muy viejos, y uno de ellos casi destrozado.

Las otras dos casas son más pequeñas, no de altura, sino de superficie.

Las tres casas tienen dos pisos, dos plantas comunicadas por escaleras, en bastante buena conservación.

La iglesia es una construcción más humilde. También está formada por piedras más pequeñas, que hacen los muros. Es, de las casas, la primera que empezaron a restaurar.

Se puede decir, de todas formas, que casi se pusieron a rehabilitar todo a la vez, todas las casas a un tiempo desde el principio.

Trabajaban restaurando casi todo a la vez, e iban haciendo según intuitivamente veían lo que podía hacerse con cada casa.

"Cuánta agua, joder. Hay agua por todas partes. Y los charcos, en los que te empapas, en los que es super-engorroso caerse. Pisas con las botas los charcos y, aunque no te mojes, notas el frío del agua en los pies. Es brutal el barro. Es como si todo el bosque se hubiese cagado, y estuviese todo lleno de diarrea, caca de elefante. Diarrea en la que vas hundiendo las botas". "Chaf, chaf, chaf". "Qué fuerte."

Nacio llega a Demiurgo, y sacude los pies. Da patadas al aire, riendo, y caen auténticas plastas, bloques, pequeñas plataformas, pegotes inmensos de barro medio solidificado.

Da patadas al aire, y caen plastas de tierra con hierba. Abre, entra, y deja el impermeable al lado de la chimenea, sobre el carrito con las castañas, el cual vaciarán más tarde. Se quita las botas. Se asoma al exterior de la casa y sacude las botas contra el muro protector.

—Llueve mucho, princesa —le dice, entrando de nuevo, a una chica que permanece sentada cerca del fuego, dibujando en un cuaderno.

Cierra la pesada puerta, después de comprobar que casi no queda barro en las suelas de goma de las botas, y así ya no hay peligro de que se esparza tierra por la casa.

—No me digas, príncipe del desastre. Ya me estaba preocupando.

—Eso he pensado. Y por eso he venido.

—Imagínate que te atacase un lobo, y todo estuviese lleno de barro. ¿Cómo podrías huir, eh? —sus propias palabras la hacen reír, tras plantear la situación límite, cuando ve la expresión de Nacio. No quiere adentrarse en pensamientos sádicos. Deja el cuaderno, después de levantarse, sobre la butaca, y camina hacia la mesa— Quítate todo eso, vamos —dice palpando la ropa del chico—. Está tan mojado…

—No veas lo que ha caído, o, mejor, la que está cayendo —informa el chico quitándose el abrigo.

Camina hacia el calor y deja la prenda protectora sobre el respaldo de una silla.

—Coge una toalla. Sécate bien secado. Te he hecho una tortilla de patatas.

—Qué habrás hecho, niña mía. ¿Qué habrás hecho que llueve tanto?

—Idiota —le dice, y le da un beso mientras le ayuda a secarse el pelo, frotándole con una toalla decorada por dibujos.

La lluvia es suave percusión sobre el tejado de la casa, y los pensamientos se relajan, y las ideas se aclaran, aunque el agua no las moje directamente. Llueve mucho. Noelia y Nacio comen, beben agua, y se deciden a comer castañas calentitas. Cuando hace frío es muy apetecible comer castañas calientes, recién hechas. Las manos quedan hechas un asco, muy ennegrecidas por el carboncillo, y el alma se agranda, alimentada de calor bueno. Se cuentan cosas buenas. El ambiente se va haciendo más acogedor, más agradable. Y hasta lo hostil se hace más humano.

Una manada de lobos corre por el bosque. Unos cuantos lobos aúllan y corren explorando. Uno de los lobos se separa de los otros y se dirige hacia un lugar determinado. Se aproxima, husmeando, a una casa de la que surge una humareda. Olisquea por allá durante un rato. Después se aleja. Vuelve a reunirse con sus compañeros.

Noelia y Nacio, ignorantes de ello, ríen juntos jugando a palabras encadenadas, y se cuentan chistes y hacen gracias frescas e improvisadas, según se les ocurren. Se tocan mucho, a la vez, la cara y las manos. Y se dicen cosas preciosas. Son sólo palabras, pero que, con el sentimiento que las une, la forma en que se dicen, y como vienen ordenadas, desprenden una mágica sensualidad deliciosa.

No se han de decir a nadie: perderían mucho. Han de surgir espontáneamente, entre niños enamorados, en esas noches que seducen y atrapan, convirtiendo en poetas ocasionales, a las gentes como ellos, con tanta intensidad que acaban siendo eso: noches de poesía.

Y arrojan, de vez en cuando, alguna ramita al fuego.

IMAGINAR

—¿Qué me está haciendo? —pregunta la voz sensual de una joven, que se revuelve, víctima de un salvaje ataque de cosquillas, que se ha llevado a cabo empleando el factor sorpresa.

—Oh, diosa mía. Estoy escribiendo un poema de amor con mi lengua sobre tu espalda.

—Muy bien… yo saldré al mundo disfrazada de ti. Así estaré yo también dentro de ti.

—Je, je. Muy bueno. Veo que me quieres mucho. Pues bien, yo te expulsaré de mi paraíso, de mi mundo particular. Te arrastrarás y corretearás como una ardilla miedosa, perdida entre las ruinas de una ciudad.

—Qué guapo. ¿Es tuyo?

—Depende. ¿Te gusta?

—Muchísimo. Eres un poeta. ¿Qué haces aquí, en este mundo maravilloso, dentro de este jardín de hadas?

—Vine para empezar de nuevo. El parnaso se deshacía con las burbujas de una bebida norteamericana.

—Pero, ¡estás tan sucio!… Llevas contigo las maldiciones de la civilización. Romperás, puede que sin quererlo, las suaves telarañas de la paz natural. Estáis llenos de contradicciones.

—Si acaso de contraindicaciones. O de efectos secundarios.

—¿A qué has venido?

—Buscaba una sirena.

—Je. Has sido tú el que ha dicho esa palabra, y, sin embargo, tu propio subconsciente lo asocia a sirenas policiales. Aquí no hay sirenas. En los bosques solamente te seduciremos las brujas.

—Vale, cállate. Me da miedo otra vez.

—Uuuh! He vuelto a ganar.

—Idiota.

A Noelia le da por vestirse, y Nacio se enciende un cigarrillo, metido debajo de una sábana que le llega hasta el pecho.

—Dicen que cada día se va haciendo más grande el agujero de la capa de ozono. Y también dicen que parece crecer el abismo generacional. Como mis ganas de amarte mucho, niño mío.

—Bien. Me gusta así. Y que dure. Me gustan tus reflexiones. Todo lo que viene propio de ti, princesa mía, me suele gustar. Y más todavía si hablas de lo mucho que me quieres, que me necesitas, que me deseas…

—Qué guapo es el amor.

Nacio decide vestirse también, y, ágilmente, se desprende de la sábana, que cae sobre la cama. Enseguida se ve acorralado por gastadas vestimentas.

—Sí –dice—. Realmente, si no fuese por nuestro amor celestial, nada tendríamos de especial.

—Depende, cariño. Tú eres un poco simple, incluso puedes parecer a veces algo desorientado, pero yo soy una diosa.

—Mola tu modestia, niña mía.

—Bien, un hada, al menos, sí que soy.

—Estás buena.

—Soy preciosa. Y no escasamente inteligente. Pienso mucho. Cocino super-bien. Nadie hace el amor como yo. Lo sabes de sobra. No imito modelos. Y no pienso dar clases.

—Eres un puto demoniete —Nacio se ríe, como si hubiese descubierto algo trascendental.

—En tal caso una bruja buena.

—Me estoy aburriendo de oírte.

—Voy a peinarme —es su salida de princesa orgullosa ante una ofensa.

Después bajan al hogar. Y Nacio sale a los alrededores del Poblado, a buscar una caña, para tallarse una pipa pequeña de fumar tabaco con un cuchillito.

Noelia, mientras, calienta algo de agua en una cacerola. El chico, mirando al cielo, y al reloj solar que hizo a unos cuantos metros de la casa, deduce que, aproximadamente, son las tres. Es un martes de primavera.

—Mira, un lepisma —avisa, de repente, ella.

—¿Dónde? —pregunta Nacio entrando corriendo en Demiurgo.

—Aquí, aquí. Lo he visto tras aquel libro.

Cuando ven un lepisma, todo se mueve en el Poblado. No sé si habéis oído hablar alguna vez, de los lepismas. Posiblemente no con este nombre. Los lepismas son conocidos como "bichitos de plata", o "pececillos de plata", aunque no sean marítimos, ni de plata. Surgen en los libros que tienen más olvidados algunas bibliotecas, los polvorientos. Pueden aparecer en las bañeras y lavabos cuando hace tiempo que no se abre el grifo. También se los puede ver en un rincón del techo de las habitaciones, a veces. Seguro que has visto alguna vez lepismas, pero es muy fácil que el nombre te despiste.

—Lo hemos perdido de vista.

EXPLORAR

—¿Nos vamos al bosque?

—Venga.

—Vamos.

Se adentran, caminando, en el gran almacén natural de misterios. Cuando lo hacen, nunca cierran el portal de la casa, aunque instalaron una cerradura. Tienen dos llaves grandes, de estilo antiguo. Una es de Noelia y la otra de Nacio. Las encargaron hacer a un cerrajero de Villatemplada. Pero el único que llega hasta allí es Kiko, el cartero, y no desconfían de él. Nunca se pondría robarles nada. Alguna vez se lo han encontrado poniendo alguna pieza al puzzle, o alimentando el fuego con ramitas y bebiendo vino.

En ocasiones se ha quedado a dormir con ellos, previa invitación, en un sofá que hay en la sala. Hablan, mientras comen alguna cosa. Kiko les hace enterarse de las noticias, los últimos hechos que han sucedido en el pueblo, o de cosas que ha visto en televisión, o que ha oído por la radio. Hablando de la tele, se ve que, según pasa el tiempo, cada vez van haciendo programas más malos, "más chorras", piensan Noelia y Nacio, según deducen de lo que les explica el joven cartero.

Caminan por el bosque con unos mixtos de madera, y unas velas en los bolsillos, por si se les hace de noche. Cuando oscurece la situación es peligrosa, porque podrían perderse, aunque empiezan a conocer, y a limpiar caminos. Además, con las velas las sombras danzan, y da más miedo.

A veces han de subir muy alto a un árbol, e intentar localizar el humo que se escapa desde el tejado de "Demiurgo".

Alguna vez que se habían alejado demasiado de "su reino", siguiendo aquellas señales aéreas han llegado a alguna aldeíta que no era el

Poblado. Y no se han acercado más, de todas formas, por el interés de permanecer al máximo en el anonimato.

Y, si no ha quedado más remedio, han acabado durmiendo en el bosque, después de buscarse un lugar seguro en una rama grande y fuerte de árbol, para protegerse de los lobos, que "haberlos haylos". Y han dormido, a duras penas, si han podido, muy abrazaditos, y con frío.

Caminan entre los árboles verdes, las hojas, hierbas totalmente mojadas. Y, de repente, ven corriendo a un conejo.

—¡Mira!

Lo persiguen, siguiendo la carrera de Iñaki, el perrito Yorkshire que tienen, hasta llegar a una madriguera por donde se acaba escabullendo el pequeño mamífero.

—¡Conejo, conejitoooo!

—Era guapo, ¿eh? —dice Nacio, girando la mirada hacia Noelia.

—Era blanco con manchas negras, como nuestra vaca.

—Sí, talmente, pero más pequeño.

—Sí.

Noelia y Nacio se cogen y besan. Nacio le mete las manos por debajo del jersey. Pero ella le empuja.

—Fuera, ¡bandido! Nada más que era un beso cariñoso.

—Y esto es amor.

—Para, bandido, que no estoy para rollos...

—Bah! —dice Nacio, sintiéndose como avergonzado.

Siguen caminando.

—"Bandido", "bandido" —repite burlonamente Nacio, y un rato después hace una observación—. Hoy no hay erizos a la vista.

—No tenemos suerte.

—¿Volvemos?

—Volvamos.

—No quiero que se nos haga de noche… bajo ningún concepto.

Nacio se ríe de su propia expresión de seguridad y firmeza, casi militar.

—¡Hala! ¡Cómo habla! —comenta, como si fuese para ella misma, la chica— Venga, pues. Vamos, entonces. Bajo ningún concepto discutiré tu idea.

Y comienzan el camino de regreso. Sólo han caminado media hora, pero no desean perderse. El camino de regreso viene a ser tan escasamente transitado como el de ida. Y sólo se encuentran gorriones. Hay muchos gorriones por aquellos territorios.

—Oh, míralo, nuestro Poblado adorado —pronuncia Nacio con cierta solemnidad—, que cada día es más maravilloso. Nuestra tierra prometida. Y de nuestros descendientes —dice orgulloso el chico, como si fuese un patriarca bíblico.

—¡Ah!, ¿es que vamos a poner un ascensor?

—Como siga diciendo estas tonterías, no le ascenderé.

—Bien. Callaré. Callaré.

—Así me gusta. "Más vale callar a tiempo que tener que lavar los platos, barrer y recoger la ropa, después de haber hecho una buena cena". Creo que hay un breve y sabio refrán que dice eso o algo muy parecido.

—No lo sé, cariño —dice Noelia distraída, abriendo el portón de Demiurgo.

COMERSE

Es un día de la semana, y pertenece a algún mes. Ella descansa recostada en un sofá. Mira por la ventana de "Demiurgo". Llueve silenciosamente. "Llamaré a mi hombrecito" —piensa—. "Diré algo precioso".

—Ven Nacio, a por mis pies.

—Y, ahora voy, amor mío —responde Nacio, después de pensar "seré gracioso. Responderé como el marido obediente y feliz que tiene contenta a su esposa". ¡Ya mismo, querida!

Noelia se desprende de las botas de piel suave con cordones. Y frotando con sus mismos pies se consigue quitar los calcetines de lana.

—Y tócame los pies, venga.

—Y... vale —imita Nacio la estructura de la frase de su Noelia.

—Me gusta tanto...

A Noelia le gusta mucho que Nacio le haga mimos, que le muerda todo el cuerpo, y le de besos, pero particularmente que le toque los pies, que juegue con sus deditos. Le gusta que separe sus dedos pequeños, pasando los dedos de la mano por en medio. Que le haga caricias suaves. Son juegos que suelen adquirir erotismo, porque Noelia enseguida empieza a excitarse, mientras Nacio disimula y controla su propia excitación, fingiendo profesionalidad masajística, como el "desinterés sexual médico", la seriedad superior de los terapeutas, o algo así por el estilo.

Normalmente Noelia acaba cogiendo a Nacio con los pies, como el animal inmoviliza a su presa con las garras, y lo lleva hacia ella. Se besan, se lían. A veces Nacio amplía su masaje. Comienza a hacer caricias a Noelia en otras partes del cuerpo, lentamente, suavemente.

Se deja llevar por lo que siente en su interior, lo que le pide el cuerpo y lo que le pide el cuerpo de Noelia. Si ella lleva falda o vestido resulta mucho más fácil. Si lleva pantalones es algo menos natural, más forzado. Le hace masajes por encima de los pantalones y se los tiene que acabar desabotonando y bajando.

Nacio siente amor por las tetas de Noelia, admiración y devoción, y se las toca. Lo hace por debajo del jersey. Y eso entusiasma a ambos. Si finge interesarse por su ombligo, lo cual no es fingir nada, porque cada rinconcillo del cuerpo de Noelia, entusiasma, e incluso provoca exagerada adoración dentro del alma ardiente de Nacio, su interés desaparece con mucha prontitud, y sin casi darse cuenta: enseguida vuelve a encaminar sus viciosas manos masculinas hacia arriba. Noelia, entonces, se incorpora ligeramente: estaba recostada en el sofá. Moviéndose, y quitando de en medio, y con prisa, los calzoncillos de Nacio, se la coge, se la palpa, se la chupa un poquito y le pone los pies. La rodea con sus pies. Normalmente, cuando lo hace, su "polo caliente" ya estaba duro. No es una rigidez que, de manera extraña, aparezca más tarde.

A veces, con rozamientos de él contra las piernas femeninas, ya le había dado a entender su excitación. A Noelia le entusiasma tocárselo con los pies. Cogerlo con sus pies desnudos. E intentar masturbarle así. A Nacio le gusta más que a ella. Se desfoga mucho de esta forma. Y se deja hacer, cerrando los ojos.

JUGAR

Noelia y Nacio son gente muy sana, mental y físicamente. Tenemos que Noelia es más propensa al estreñimiento que Nacio, por hablar de algo. Pero tenía, padecía, con más frecuencia, ese tipo de problemas cuando vivía en la ciudad. Únicamente la regla le suele provocar fuertes dolores de cabeza, por lo que se pasa un día o dos hecha polvo, sin apenas salir de la habitación, con molestias del bajo vientre, en la región de los ovarios. Tomó la pastilla durante una temporada. Pero finalmente la dejó, ya hace años. A veces compran condones, que casi nunca utilizan.

Les hace ilusión tener un niño alguna vez. Pero sería demasiado complicado. Sería una situación probablemente difícil, tal y como están, o "no están" legalmente. Un poco problemático les podría resultar. Aunque no es una cuestión que les preocupe demasiado.

Se están toqueteando, medio vestidos. Hace bastante buen día. O, al menos hace buen día. Se encuentran recostados contra un árbol.

—Mucho cuidado con lo que haces. Juzgaré el comportamiento y la habilidad de tus dedos sobre mi piel.

—¿Por qué eres tan buena conmigo?

—Porque no tienes madre.

—Sí que tengo madre, mentirosa.

—Je. Ahora yo soy tu madre.

—A ti te encontré en la calle.

—¿Ves? Soy tu verdadera madre.

Se besan, se sienten seducidos por su locuacidad, y el jugueteo rápido, hábil y casi casual de sus propias palabras.

Empieza a soplar algo de viento, y se meten en la casa. Ahora están, otra vez, recostados sobre el sofá preferido para hacer el amor.

—Cuando sea primavera volverán "las oscuras golondrinas", tan famosas, por añadidura, en la cultura popular.

—Esas, te puedes olvidar, que no volverán.

—Pero tú siempre estarás a mi lado.

—Como Iñaki.

—¿Iñaki? ¿Es Iñaki, tal vez, un poeta?

—Iñaki es el único poeta que hay en esta santa casa. El único.

—Noeliilla mía, ¿por qué la lluvia se mete dentro de la tierra? Si es que huye, ¿de qué lo hace? ¿De qué huye?

—Cariñazo, hace mucho frío, y no sabes decir palabras de amor, para que la lluvia se quede a escuchar. La lluvia es solitaria, aunque sea tan abundante, y se esconde en la tierra, entre las hierbas. Y es porque tú no sabes las suficientes palabras de amor.

—¿No? Joder.

Nacio se pone en tensión.

—No, niño, no. No es suficiente con decir "te quiero". No basta con decir "te amo". A veces, la mayoría, es mejor no decirlo. No lo has de repetir cien veces al día. Parece un castigo, normalmente para el que lo escucha, que acaba odiándote. Puedes "bloquear", a alguien si lo haces. A veces, decir "te quiero", o "te amo" equivale a poner en el cuello un collar de piedras.

—Je, je, je. ¡Qué bestia!

—Te ríes divertido. Pero así también acaba yéndose la poesía.

—La poesía es un estorbo.

—¿Ves? ¡Impostor! ¡Tú no eres un poeta! ¡Y yo ya lo imaginaba!

—Nunca dije que lo fuese. Habíamos quedado en que el verdadero y único poeta aquí es Iñaki.

—Iñaki tan sólo es un pobre perro que depende de nosotros, y que no comprende ni flores de lo que decimos.

Iñaki mueve la cola, como agradecido, al entender que hablan de él, algo así le expresan las miradas de los chicos.

Dejan sus poéticos diálogos y se deciden a dejarse llevar por emociones y deseos carnales. Después vuelven a la carga, tras tocarse mucho el trasero. Se acarician el pandero, les gusta, es de las partes del cuerpo que más disfrutan agarrando. Son gente que ataca por sorpresa. Lo hacen cuando uno está lavando los platos, por ejemplo. Una voz suena por detrás: "Huy, ¡qué culito más sexy!", y ¡hala!, te toco el trasero. Serían tachados de acosadores si no fuese por su complicidad de amigos y pareja.

Les hace mucha gracia tocarse el trasero, y desde hace tiempo no paran de hacerlo casi a cada momento.

—¿Crees que las ciudades están destruyendo el amor, musa mía?

—Puede que las cosas muestren algo de eso, pero no creo que la cuestión sea tan fuerte. Tal vez tanta tecnología haya producido cambios sociales y nuevas "clases", o diferencias basadas en el conocimiento o no conocimiento de los medios modernos, y eso nos haya pillado a todos en pelotas y haya producido mucha depresión. A veces la historia actual tiene aspecto de "sálvese quien pueda", y "no me pidas ayuda, que si no encuentro otro camino voy a pisarte para seguir andando". Aunque tú puedes destruir el amor. Y, ¿qué es eso de "musa mía"? A ver si me entero. Parece una marca de mahonesa.

—Me salió del alma. ¿Te apetece que nos vayamos a dormir? Yo sí que tengo sueño.

—Bien, pero me tendrías que encender antes un cigarrillo. Quiero tener antes un cigarrillo entre mis labios.

—¿No prefieres un beso mío?

—No. Ahora no. Pero me podrías encender un cigarrillo, amor.

Noelia se siente atractiva fumando, mientras Nacio se pierde por la casa buscando alguna cosa, discretamente. Después la chica sube arriba, tras la pista de su chico.

—Hola.

—Hola –responde Nacio, intrigado, como preguntando: ¿qué te pica ahora?

—Pues nada —continúa Noelia—, que he venido, he bajado de mi nave nodriza, porque pasaba por aquí, como dice la canción de aquel, y he venido a verte. Tú eres humano, ¿no?

—Yo, para ti, soy lo que quieras, niña mía galáctica, Selene de mi corazón.

Nacio parece decidido a continuar con el juego.

—¿Es que puedes hacer algo por mí?

—¿Cómo podría explicártelo? Si quieres pegamos un "quiqui".

—No sé qué es eso. No me suena a nada. Tengo escasa información.

—Escasa información. Ajá. ¿Cómo te lo explico? Es lo más sano del mundo. ¡Sanísimo!

—¿Seguro? ¿Sano?, ¿sanísimo?, ¿saludable? ¿Quieres decir "bueno para el cuerpo y el equilibrio psicológico"?

—Individual y socialmente hablando. Tú déjate hacer.

—Muy bien, terrestre, tú me enseñas.

—Que sí. Te enseñaré, pero bien. Quítate la ropa. Veré qué puedo hacer por ti.

—¿Qué dices, terrestre?

—Mujer, ¡la ropa! No. Los cabellos no. No te arranques el pelo. La ropa. Esa piel de tela. La ro-pa.

—Ah, bien. "La ro-pa".

—Te ayudo.

Nacio le quita la ropa a Noelia. Y la hace tumbarse encima de la cama. Noelia se deja hacer, fingiéndose patosa e inexperta, como si realmente fuese de otro planeta.

El humano se quita también la ropa, y se acomoda excitado, junto al cuerpo de Noelia. Se ve enseguida seducido por el nuevo juego que ha recién empezado. Siente deseo y empieza a besar la suave piel del cuerpo femenino.

—¿Te gusta? —levanta Nacio la cabeza para preguntar, mirándola seductoramente.

—Es extraño, pero me proporciona una especie de placer. Es una cosa sensorial.

—Je, je. "Una cosa sensorial". Veo que te gusta. Ya verás. Aún no ha venido lo más bueno.

Nacio le levanta los brazos a la chica y le lame las axilas.

—Ji, ji, ji. Qué curioso —ríe la "Noelia espacial".

—Se llaman "cosquillas". "Cos-qui-llas".

—"Cos-qui-llas", ji, ji. Está bien —una mágica infantilidad se ha apoderado de ella, ha atrapado totalmente a Noelia. Nacio ríe y sigue haciendo. Le chupa las rodillas, los muslos y el ombligo... Es muy rápido y le chupa, le pasa la lengua suavemente, por muchas partes del cuerpo, abierto al placer, que se comienza a expresar mediante gemidos. También le acaricia suavemente con las manos. Le hace masajitos con los dedos.

El ser cósmico "Noelia" comienza a reaccionar, y dejándose llevar por instintos eróticos también se dedica a acariciar al "terrestre Nacio".

—Esto se llama "lengua" –dice el chico, tocándose la punta del húmedo órgano gustativo. Y se abre camino, suavemente, entre los labios de Noelia. Ella ríe a la vez que recibe el beso.

—Muy parecido a "cos-qui-llas", ji, ji.

A la extraterrestre la deja maravillada la cosa que se llama "lengua". Y comienza a aprender a utilizarla recorriendo el cuerpo del terrestre complacido, que se siente admirado del rápido aprendizaje erótico de la "niña del espacio". Descubre la chica que le gusta lamer las zonas que rodean lugares peludos: las axilas, el pubis, los pezones, aquella terminación tan dura…

—Y esto se llama "pene". Tiene otros nombres que apenas se emplean, supongo que porque hieren sensibilidades.

Después de abrir las piernas del sonriente ser, se la mete. El seudo-extraterrestre estaba húmedo, y entra sin esfuerzo. Nacio experimenta un fuerte placer que le sale de dentro hacia Noelia, como si su pene fuese una flecha de fuego que calentase suavemente toda su parte sexual y la de ella.

—¡No! ¡Ay! ¡Bestia terrestre!

Noelia, en principio, parece querer empujar el cuerpo de Nacio, pero enseguida se agarra de sus hombros lisos y suaves, sin apenas vello, y se unen en un íntimo movimiento.

Fuego, agua, sudor como agua. Cuerpos amándose. Cámara lenta. Retener los impulsos violentos con presión corporal y contracciones de músculos. Suavidad de piel. Sábanas ya no tan frías, que absorben sudores.

Dedos que se entrelazan con cabellos. Miradas infantiles en los adultos que se aman. Adultos que son niños, entre sombras. Melodías íntimas que se hacen melodías compartidas. Todo es sensualidad. Todo está desnudo. Todo quiere ser acariciado, besado y lamido. Orgasmos. Así soy y te lo hago saber desde dentro.

Un cigarrillo rubio encendido. Humo que entra desde la pequeña brasa rojiza atravesando un cilindro de papel, entre los labios secos y, tras recorrer tubos respiratorios, llega hasta los pulmones de Noelia. Es respirado algunos segundos y después expulsado de forma relajante.

—Así pues, me has puesto los cuernos con una puta "extraterrestre", ¿no? ¡Contesta! —Noelia es, de repente, una señora que se siente engañada por un marido que acaba de salir de juerga, o algo parecido, al que se supone, en la espontánea ficción teatral, que se ha pillado "in fraganti".

—Tú sueñas —dice la voz de alguien que ya ha encontrado satisfacción, y no necesita más, tranquilamente—. Déjame dormir.

Cae una lluvia suave que ayuda a refrescar simbólicamente las memorias relajadas de los que no duermen. Y es que no hay demasiado sueño. Sólo está el plácido cansancio confortable de quien acaba de hacer el amor y vuelve a ser libre. Dan ganas de hablar hasta quedarse sordos y mudos, atrapados por los duendes de la noche y la fantasía onírica. Se habla de algunos amigos, de algunas noches, en aquellos bares de hace años. De buena gente, y de buena gente que se colgaba mucho, tal vez demasiado. Y de cuando vino la policía a aquel piso donde hacíamos aquella fiesta, aquella madrugada de aquel mes tan intenso, tan repleto de locuras, en medio de aquel año algo lejano. Los recuerdos se agilizan, y se contrastan opiniones sobre gente diversa.

Aquella persona era algo así, con aquella forma de actuar, tan repelente, a veces. Aquella historia nunca la comprendí demasiado bien. Porque no sé quién hizo tal cosa, dijo no sé qué en aquel momento.

Qué guapos los niños que tuvieron "fulanito" y "menganita". Qué ricuras. Ojalá les vaya todo bien.

Y quién iba a decir que "pulgarcito" acabaría enganchado a las drogas, arruinándose la vida, totalmente perdido, enajenado de sí mismo, y sin amigos, sin brazos que le aguantasen, sin nadie que le cuidase, y en brutal soledad.

RECONSTRUIR

"El Poblado es nuestro refugio. Es un pueblo que un día se puso a dormir. Es una aldea con un pijama y ropa interior, nuevos, hechos a mano. Es una aldeíta, tenía sueño y quería dormir. Estaba durmiendo. Y, como el sueño lo había invadido, había mucha tranquilidad. No es un pueblo tranquilo de gentes tranquilas. No es un pueblo de creencias sencillas. Nada más era un pueblo abandonado".

Son palabras de Nacio escritas en un cuaderno. Era un pueblo abandonado. Unos jóvenes le pusieron nombre y lo empezaron a restaurar, partiendo de muebles viejos. E hicieron con las maderas, de muebles o de vigas, cosas nuevas, como "corralitos", vigas o "parches", con los que tapar los boquetes en los muros. Había agujeros en algunos techos y paredes. Se decidieron a hacer habitables las nuevas viviendas. Emplearon piedras, yesos, cemento y materiales que traían desde los pueblos más cercanos, como Villatemplada. Todo lentamente, con el día a día. Disfrutándolo y viviéndolo. Para ellos mismos. Con amor. Con la prisa de la necesidad. Con la prisa del ponerse a construir lo que ha de durar años. No había prisas. Sólo necesidad de alimentos y de elementos que les permitiesen vivir con algo de comodidad.

"Las ciudades nos robaban nuestros deseos, nuestros sueños. Las ciudades nos des-memorizaban, y nos impedían soñar, nos robaban la imaginación. Y llegábamos a odiarnos a nosotros mismos. Se destruían a sí mismas las ciudades, y consumíamos televisión. Nos educaban para que soñásemos con tener un piso propio y poder vivir una vida tranquila, sin que nadie nos molestase. ¿A qué aspirábamos? A tener un coche. ¿Con qué soñábamos? Con ser mayores. Ya no aspirábamos a nada. ¿A qué esperamos? Vayámonos de aquí, emigremos. Busquemos otros lugares. Busquemos un lugar en la vida, que es lo que deberíamos hacer".

Y recorrieron kilómetros, y visitaron ciudades y pueblos. Y llegaron a un pueblo abandonado, una antigua aldea abandonada en medio del bosque, cuatro o cinco casas.

La hicieron suya, o, más bien, se hicieron ellos de la aldea. Se dejaron enamorar por lo que acabaron convirtiendo en Poblado.

"¿Cuál es el camino?" Se preguntaron un día. Descubrieron que no había camino. Ningún camino. Tenían que hacer su propio camino. "No nos queda más remedio. Eso o integrarnos, desintegrarnos, cambiar, anularnos. Distanciarnos totalmente de nuestras ilusiones".

Dejar de vivir en la ciudad es dar un paso muy grande. Se hace o no se hace. Se ha de saber que se comenzará a vivir una vida diferente, aunque domésticamente siga siendo todo muy similar.

Intento que sepáis algunas de las cosas que pensaron Irene, Natalia, Tomás, Leopoldo, Noelia y Nacio, antes de dejar la vida urbana. Posiblemente, alguno de ellos, que se conocieron en ambientes muy diversos: bares, institutos o puestos de trabajo, pensaron cosas así, o muy parecidas, mientras preparaban sus mochilas, dispuestos a abandonar las calles, tan muertecitas. Otros no pensaron en nada en concreto, sólo se prepararon como si se fuesen a ir de vacaciones, como quien se dispone a vivir una aventura. Era el decir: "bien, empecemos a vivir, que es lo que se ha de hacer". Se decidieron y se dispusieron a caminar. Y adoptaron el buen vicio de hacer autostop.

El poblado está al norte. Es un terreno de piedras y barro. Tres casas grandes y una caseta que fue rehabilitada para hacer un cuarto de baño. Y también hay una iglesia y terrenos cultivados.

Es el sueño materializado de unos cuantos adolescentes. Ahora es el sueño en que viven, la realidad en que viven, que para muchos resultaría parecida a un sueño, dos jóvenes que empiezan a ser veinteañeros. Es una cuna y una cura.

Es como una cuna que cura. Pero sólo es una aldeíta, perdida en medio del bosque, en un lugar, en una región donde llueve mucho.

DECORAR

Hace una hora, aproximadamente, que Noelia y Nacio se han despertado. Ya han desayunado y ahora están tomando el aire.

—Si fuésemos unos típicos capullos horteras, podríamos ir a un árbol, y, con la punta de una navaja, grabar un corazón con nuestros nombres: "Noelia quiere a Nacio", "Nacio quiere a Noelia", o algo así —dice Nacio inspirado y sonriente.

—Sí, ¿para qué? Prefiero no rascar nada. Eso se hace cuando vas a un lugar, y después te las piras, y, si quieres, de algún modo, dejar constancia de tu vulgaridad. Es decir, cuando se está de viaje, o de "dominguero" más bien. Además, no tienes por qué rascar árboles ya que yo sé que tú me quieres, aunque no sepa hacer mermelada de manzana, y me lave poquísimo los dientes, dicho sea de paso.

—Yo sé que tú me quieres a mí, aunque sea un pésimo pescador.

—Yo sé que tú me quieres, aunque no tenga voz para cantar, y desafine tanto. Y yo también te quiero a ti aunque seas un pobre tonto —se comienzan a embalar, como inspirados. Cogen velocidad, y tono algo insultante y desafiante.

—Yo te quiero a ti aunque seas algo bajita y fea, como una hormiga.

—Y, ¿ves? Yo sé que me quieres, aunque desees hacerme rabiar. Y no quiero oír nada más. Voy a peinarme.

Noelia se mueve graciosamente, con altivez, como una princesa ofendida.

—Esto se podría llamar "Canción Del Amor Aunque" —se dice a sí mismo Nacio. Y se queda solito, tirando piedras muy duras que golpean a un árbol y caen en la hierba.

Nacio clava un clavo en la pared. Quiere colgar un cuadro pintado por Noelia. Es un cuadro muy trabajado, que representa una sirena jugando en un lago de aguas casi transparentes. Ya ha agujereado notablemente la pared, pero, al tercer intento, parece ser que podrá fijar la pequeña obra de arte.

Y mira hacia arriba. En un rincón hay una telaraña confeccionada con una gran precisión matemática. Al menos, esa es la sensación que produce. Hace sorprenderse de algunas cosas. "Por lo menos las arañas hacen bien las cosas". Se enciende un cigarrillo de los que hace días les trajo el cartero.

—¡Mira! Hay quien trabaja con estilo —dice Nacio bajito, soltando una bocanada de humo que parece surgida de un personaje de película de adolescentes traviesos. Le dan ganas de deshacer el casi inmaterial pañuelo, pero decide no ser malo. Pone el colgador del cuadro alrededor de la cabeza del clavo, y se asegura de que el cuadro está recto. Y sale de "Demiurgo" para fumarse el cigarrillo.

Noelia, medio desnuda, se palpa los pechos cerca de la chimenea, imagen que, en principio, desagrada, provoca cierta repulsión, reconocible exteriormente, en el chico, pero que opta por admitir con madurez.

Nacio camina nuevamente hacia el interior de la casa. Ha empezado a llover a cántaros, y las aguas empiezan a bajar por las paredes exteriores en amplios torrentes, y bajan dichos torrentes, hijos de la lluvia, también por los árboles.

HACER EL AMOR

"¿Qué haría yo solo sin ti?", se pregunta Nacio un día como tantos otros días, mirando a Noelia, su compañera, mientras ella lava los platos. Los pasa de un barreño a otro barreño, ambos llenos hasta su mitad con agua. En el primero los enjabona, y en el segundo los aclara, cantando una cancioncilla de las que se inventa sin apenas pensar en ello.

"¿Qué haría yo solo sin ti?" —se pregunta Nacio una y otra vez. Y siente eso del amor. Y se acerca a Noelia, y la besa repetidas veces, hasta hacerla reír.

"Qué precioso tener a alguien a quien tocar, a quien acariciar. Tener alguien que te escucha, que te espera cuando te vas, alguien con quien hablar. Qué bueno es estar con alguien, aunque a veces lleguemos todos a odiarnos tanto. Tener alguien con quien pasar veladas en torno a juegos de mesa. Una compañera, con quien hacer un puzle gigante, aburrido e interminable, mientras se comen castañas calentitas. Y al final, sentir juntos que habéis vencido una batalla contra vuestra propia impaciencia".

—¡Huy, que culillo más guapo! —dice cogiendo a la protagonista de sus pensamientos por las posaderas.

—¡Déjame, ostia! —dice ella, pegándole un golpe de codo, y salpicando agua con espuma al suelo—, ¡que siempre estás igual!

Está lloviendo, en el exterior de la casa, y sobre la casa. Es por la mañana, y llueve mucho. Es un día muy húmedo, uno de esos días en los que la gente se constipa. Pero Noelia y Nacio no se constipan nunca o casi nunca.

—Si te portas bien, después haremos cositas —dice Noelia—. Con que te portes bien, y nos pongamos a limpiar y ordenar un poco todo, para acabar antes, me basta.

—Vale, venga. Vamos.

Cogen la ropa desperdigada de toda la casa, y la ponen en un barril, donde acumulan las prendas para lavar. Barren cerca de la chimenea, porque hay ceniza que se ha deshecho en mucho polvo. Terminan de lavar los platos, barren un poco el suelo. Cogen cáscaras de castañas que había sobre la mesa, y las ponen junto al hogar para alimentar el fuego cuando vuelvan a encenderlo. Se miran y sonríen. Suben a las habitaciones de arriba. Nacio hace la cama con sábanas limpias. Noelia se mete en la "biblioteca de los juegos", y ordena los libros, los juegos, y coloca herramientas que había por doquier en una caja de cartón de la estantería.

—Mira, ven —dice Noelia—, ¿a que está quedando súper bien el vaso que estoy haciendo?

Ha hecho un vaso de barro, y lo decora pintándolo. Posiblemente no lo utilizará para líquidos, como vaso. No será recipiente para beber. Con casi total seguridad se rompería enseguida. Tal vez sirva para guardar pequeños objetos. También puede ir bien para poner velas.

—Sí, Bien. Ya está todo muy limpio. ¿Y ahora?

—Ven aquí –dice Noelia. Deja el vaso sobre el mantel que hicieron uniendo muchos trocitos de tela diferente y cosiéndolos, que cubre la mesa de aquella habitación. Se quita los zapatos y el jersey. Tanteando con sus dedos en la espalda se desabrocha el sujetador. Se desprende luego de los ajustados pantalones vaqueros, y se queda en bragas.

—¿Y las bragas?

—Las bragas me las vas a quitar tú con los dientes.

¡Uy! A Nacio le empieza a pegar un subidón cosa sana. No se desnuda. Sólo se quita la camisa y la camiseta. Es decir: se queda con el torso desnudo, descubierto, al aire. Se quita las botas, los calcetines y va hacia Noelia, y Noelia se mete en el dormitorio. Ella se queda delante de la cama mirando sonriente a Nacio. Nacio camina hacia ella, se arrodilla obediente y coge las bragas de su chica con los dientes. Intenta bajarlas.

—Cierra las piernas. Si no, no podré.

Noelia obedece. Y se deja hacer, acariciando a su "amor lisiado", al que "le faltan los brazos". Le da muchos besitos en la cabeza, cogiéndolo con ternura, con las manos. Él la acaricia con muchas partes de su cuerpo, pero no utiliza para nada ni los brazos ni las manos. Y consigue comunicarle mucho calor, mucha excitación.

—Me estoy encendiendo mucho Noelita mía. Y reventaré.

—Bien. Es igual. No has de utilizar tus brazos, ni tus manos. De ninguna manera.

Noelia, suavemente, se desliza encima de la cama, y se pone mirando hacia arriba, sin bragas, quedando al aire su pubis, esperando junto a ella el cuerpo de Nacio.

—Es algo sádico por mi parte. Espera —le dice—, te quitaré los pantalones. Noelia, con suavidad, le quita los pantalones a su novio, pero no le baja los calzoncillos, y vuelve a dejarse caer encima de la cama, sonriendo.

—Vale —acepta el chico—. Pero no muevas los pies.

Nacio, deslizándose muy cerca de ella, y frotando a partir de su bajo vientre contra el pie de Noelia, consigue deshacerse de sus calzoncillos. Tiene una erección pero que muy intensa. Se arrastra sobre la cama, y, causando algo de decepción en el alma infantil de Noelia, comienza a acariciar con su cosa una parte muy sensible del cuerpo de la chica.

—¡Qué poco juegas! —dice ella como con asco y algo de rencor, sin abrir los ojos.

—No hemos dicho que tenga que jugar. Sólo me has puesto una regla: que no utilizase las manos.

—¿No podrías haber explorado más acerca de tu cuerpo y el mío?

—Yo voy a lo seguro.

—Cállate. Eres un salvaje.

Y comienzan a moverse los cuerpos jóvenes, abrazados. Noelia coge muy fuerte a Nacio. Separa más las piernas… Las mantiene dobladas, las plantas de los pies apretadas contra el colchón. Nacio le hace algo de daño. Y ella está en una posición extraña, como si estuviese pariendo. Se coge fuerte de la cintura de Nacio, ayudándole a apretar hacia su propio cuerpo. E, incorporándose todo lo que puede, levanta la cabeza para encontrarse, cara a cara, con su novio.

Noelia se incorpora. Nacio se acuesta. Noelia se sienta encima de Nacio. Juegan con las lenguas. Había mucho fuego concentrado. Y la danza de lenguas, y los movimientos pélvicos de Nacio, enseguida se hacen más enérgicos.

Hasta el primer orgasmo, Nacio no había empleado las manos. Enseguida se olvidan de dicha regla, sin pensar: placer y comodidad obligan. Y acaban amándose con plenitud, sin trabas. Noelia se detiene, se da la vuelta sobre la cama, al estilo animal, clava las rodillas y las manos en el colchón. Y su pandero se mueve muy cerca del chico.

Ella le mira por encima del hombro.

—Ven —le dice.

Nacio se aproxima a ella, por detrás, se encuentra con la piel de su espalda. Coge sus pechos y comienza a indagar con su miembro en la vagina de Noelia. Entra dentro de ella progresivamente, procurando no hacerle daño. Y empieza un ritmo suave. Enseguida más violento. A Noelia le gusta así. Está un buen rato, disfrutando.

Llega el calor. Y los poros de la piel sudan. Sensaciones de estar muy abiertos. Noelia se gira. Y se besan. Se lamen las lenguas. Siguen moviéndose rápido. Sudan y disfrutan. Hacía frío. Ya no hace frío.

Caen agotados. Se han corrido. Están mojados, empapaditos. Hacía frío. Ya no hace frío. Nacio dentro de Noelia. Hacía frío.

—Buff —sopla Noelia, acariciando la frente del sudoroso hombrecillo, y llevándolo hacia ella. Le da muchos besos. Se deja, la chica, caer boca arriba, sobre las sábanas, escenario de la amorosa batalla. Y abraza la cabeza de Nacio contra su pecho.

—¡Total! —dice el joven, algo cansado, y sintiéndose muy bien— Me ha gustado mucho. No sé. Me siento bien, muy bien –habla con una vocecita que se va haciendo pequeña.

—Nos han parido de nuevo —dice la mujercita, cerrando los ojos—. Se dice así, creo.

DESCANSAR

Cae la lluvia sobre el Poblado. Es una mañana gris, nublada. Se sienten las filtraciones entre las tejas de Demiurgo. Noelia y Nacio están en la cama, en el dormitorio, muy tapaditos, disfrutando de no hacer nada, descansando, tal vez. Hablan fumando un cigarrillo.

—Cariño, me da mucha, pero que muchísima, o sea, una pereza espantosa, una pereza muy humana, e incluso hasta cierto punto comprensible, levantarme, despabilarme. Mira —expresa Nacio moviendo los dedos de los pies, que asoman desnudos por debajo de la manta—, ¿no da una enorme lástima el simple hecho de pensar en tener que encerrar estos tesorillos, obligándonos a soportar una enorme carga, producto de costumbres civilizatorias?

—A mí también me da palo —asegura solidariamente Noelia—. Si quieres pasamos de levantarnos, y nos quedamos todo el día en la cama.

—Sí, niña mía. Mejor será que no nos levantemos. Nada nos obliga a eso. Podríamos desperdiciar una velada hermosísimamente erótica.

—Decidido —decide Noelia—, hoy no nos levantamos.

—Vale. Chachi. Hoy nos quedamos todo el día en la cama.

—Bien. Lo que sí podríamos hacer es un chocolate, más tarde. Y nos quedamos hablando y contándonos cosas.

—Bien, estimada mía. Yo haré el chocolate.

—Tú haces el chocolate. Y, mientras, yo dormiré un ratito más.

Noelia es un oso mimoso.

—Te cagas. Tienes sueño, ¿preciosa?

—Tengo muchísimo sueño, machote.

—Pero el chocolate lo hacemos más tarde.

—Sí. Ahora podríamos dormir un ratito más, o yo al menos, si me dejas. Venga, va. Tú también, duérmete.

Noelia pide cariñosamente, pero sabe de sobra que es una de esas mañanas en que Nacio no le dejará dormir, y empezará a tirarla del vello de la axila, y esas historias. Le tirará de los cabellos, le acariciará, y entre chorraditas, no la dejará dormir. Suele ocurrir.

—Je, je, je —es risa de Nacio.

En efecto, Nacio está molestando a Noelia.

—Aaaaay! —el quejido rabioso, y el puñetazo de la pequeña y cerrada mano femenina es recibido por Nacio, que ríe todavía más.

Se inicia una batalla, y Nacio pellizca un pezón a la mujer con la que le ha tocado vivir.

—¡Que me dejes! –protesta ella.

Noelia le pega unos cuantos puñetazos. Pero ni caso. Finalmente se lían y empiezan a besarse.

—¡Pero no me apetece hacer nada! –dice Noelia a su chico, separándose bruscamente.

—Yo no he dicho nada referente a hacer el amor, ni he sugerido que nos comencemos a besar apasionadamente, y con desenfreno.

—Desenfreno. De-sen-fre-no. Desen freno.

—Nada he mencionado relativo a meternos mano.

—Desen freno.

—Ya, ya: que se den freno de una vez. Muy bueno.

—Va. Ves a hacer chocolate, y me dejas dormir un rato más, ¿eh? –pide poniéndole un dedo cariñoso sobre los labios como hacen muchas mujeres en películas. Ella tiene una carita de sueño muy guapa y graciosa.

—Bien. Muá. ¡Mmm! —soltándole un beso-lamedor que le pilla media cara.

Nacio mete los pies dentro de unos calcetines azules de lana de su novia, y estos, como aquello de las cajas chinas, unas dentro de otras, se ven envueltos por unas botas enseguida. Se pone un jersey ancho y de lana, también, y baja las escaleras hacia la sala-cocina de la casa. La parte de sala, o salita, es donde está la chimenea, donde hacen la comida.

Coge una cazuela pequeña de metal. Pone el contenido de dos vasos de leche, y un poquito de chocolate en polvo a calentar. Canturrea bajito, para no molestar a Noelia. Se lía un cigarrillo con papel y el contenido de algunas colillas, y lo enciende con una ramita a la que ha imprimido fuego por un extremo. Coge dos vasos y vierte la leche caliente con chocolate. Añade más chocolate instantáneo y, con una cucharita, remueve con ganas. Los vasos son de los que regalan como recipiente de la crema de cacao. Cuando se ha disuelto bien lo que era polvo, y ha quedado una mezcla espesilla, con los vasos en las manos comienza a subir las viejas escaleras hacia el dormitorio donde se cocinan sus sueños.

—¡Dianaaa! —grita Nacio con un grito estridente que, a esas horas de la mañana, tan temprano, dan ganas de pegarle un sopapo. Y más todavía después de una noche transcurrida en compañía de Baco y sus poéticos placeres.

—¡Ostia, tío! —protesta Noelia, incorporándose sobresaltada y muy furiosa.

—¡Qué mal "hablá"! —dice Nacio pronunciando cual casada andaluza.

Noelia, muy enfadada, tira a un lado la almohada.

—Pero cariño, si te he traído un chocolate buenísimo...

—Lo que tú digas, alma mía. Pero no tienes porque venir con esos gritos. Sabes que no me gusta.

—Ala, tía exagerada... ¡qué gritos más fuertes!, ¿eh? Toma —le pasa un vaso—. No tenemos vecinos.

—¡Coño! Siempre respondes igual. ¡Ya estoy harta! ¿Me oyes? —Noelia hace un amago de tirar el vaso con el chocolate caliente. Después sonríe brevemente— Si crees que tiraré el chocolate, vas mal. Antes caes tú por la ventana. Pero me gusta la paz, niño. Y no los gritos de recluta repelente que se meten hasta por dentro. ¡Ay! Esto quema mucho.

—Espera un poquito.

—Bien.

—Dame un beso.

—Bien. ¡Mmmm!

Nacio se quita las botas cortas, y se vuelve a meter bajo las mantas, pone su chocolate sobre la mesita de noche.

—Yo también esperaré un poquillo.

Los vasos de chocolate reposan, humeando, sobre la mesa pequeña, mientras que los chicos se van quedando dormidos, después de cerrar los ojos. Los pequeños dedos de Noelia están descansando sobre la espalda de Nacio.

Un gorrión entra por la chimenea, aprovechando que el calorcito que sale de las brasas del hogar, y se proyecta hacia arriba es agradable y no quema. Y, revoloteando llega hacia el dormitorio. Dando saltitos avanza por la cama de los chicos. Pero no se dan cuenta. Y se escapa empezando a volar, por una esquina de la ventana.

Un gorrión entró volando por la chimenea. Una araña se desliza suavemente, soltando hilo, casi invisible para la mirada humana, desde aquella piedra del techo de la iglesia. Unos escarabajos negros caminan en procesión hacia un agujero que hay cerca de algún árbol. Una cigüeña pasa volando lentamente o puede que no vuele lentamente, sino que es el efecto que produce, al ser un ave grande, delgada, de amplias alas.

Noelia y Nacio respiran. Se ve como si engordasen un poco al tomar aire, y como si volviesen a adelgazar cuando lo sueltan, más calentito. Apenas hacen ruido, pero, a veces, mueven alguna parte del cuerpo:

sacude un pie alguno de los dos, contrae una pierna rápidamente… como si le hiciesen cosquillas.

El chocolate ya se ha enfriado. Se ha enfriado hace un rato sin que siquiera hayan bebido un sorbo. Duerme. No opusieron resistencia al aire acogedor producido por el batir de las alas del sueño. Así es que están dormidos. Y puede que estén soñando algo agradable.

El día es muy tranquilo en Villa-templada. No pasan coches por las calles. Alguna persona circula en bicicleta. También hay encantadoras parejas paseando. Puede que sean las cuatro. Puede que sean las cinco de la tarde. Es un día de primavera. Puede que sea sábado. Fuera de un bar, en la terraza, hay algunos viejecitos, de los de boina y bastón, jugando al dominó.

Unos niños juegan a las canicas en un descampado. Juegan al "gua".

Noelia es una gran poetisa. A veces se deja llevar, sin miedo, por las palabras. Piensa que, por mucho que se eleve su pensamiento, nada de malo habrá nunca en ello. Y que, jugando con el lenguaje, se hace más conocedora de la esencia de las cosas.

—Seré un pájaro —dice de repente—. Y volaré. Seré un pájaro, y volaré. Desplegaré mis alas. Volaré sobre los bosques. Seré un pájaro. Volaré. Escaparé de las redes sociales. Volaré, y, de algún modo, te llevaré conmigo, Nacio.

—Te cagas —respuesta directa de Nacio—. Las "redes sociales". Te cagas.

—Admiro tu falta de corrección.

—Me he expresado muy correctamente: "te cagas". ¿Quieres que rime? Te cagas en las bragas.

—Ah! ¿Te reafirmas?

—No. Pero me fumaré un cigarrillo a tu salud, pajarraco mío.

—Pájaro de nadie. Totalmente independiente, que, si acaso, favoreciéndote, te lleva consigo. Porque no tiene alas.

—Yo sí que tengo alas. Dicen que las alas, aquellas alas imaginarias que llevamos a la espalda, son metáfora, el símbolo de la libertad. Pero mis alas son de barro, y se deshacen cuando intento volar. Y me las he de volver a construir continuamente. Me las he de coser muchas veces. Mis caídas son estrepitosas, aunque nunca, por ahora, las heridas han llegado a ser mortales.

Noelia no habla, como hipnotizada por la poesía del chico.

—Y te advertiré, además, si es verdad que quieres llevarme contigo —avisa Nacio amenazante— que mis pies hacen una peste terrorífica. Una barbaridad oyes.

—Algo me habrá de proteger de los malos espíritus. Te quiero conmigo.

Conversaciones así de guapas tiene a veces.

Pero ahora están durmiendo.

CULTURA

Recuerdos y sueños confusos sobre gente diversa. Canciones de las que se sabe muy poca letra. Haber conocido diferentes estilos de vida, diferentes costumbres. Objetos que se conservan por puro fetichismo, porque los recuerdos se asocian a objetos determinados que formaban parte de vidas determinadas con las que se ha tenido algún contacto, y con las que se quiere tener algún tipo de conexión. Objetos que, en dicho sentido, tienen algo de sagrado.

Saber cocinar algunos platos, recetas aprendidas en los primeros años de madurez, que acaban formando parte básica de la dieta que se va llevando de modo casi espontáneo. Paredes de piedra. Diferentes sensaciones. Humedad. Algunas mañanas soleadas. El calor de los animales. El barro, la suciedad. El verdor, la frescura de la vegetación.

Las dos o tres posturas básicas que se siguen cuando se hace el amor, y la improvisación, la magia, las posturas y los gestos sin nombre. El amor, la sensualidad, la sexualidad sin nombres.

Mi cuerpo, su cuerpo. Nuestro amor.

Saberse con alguien. Saber que existe la compañía: la otra persona. Que alguien estará contigo y para ti, y tú estarás con alguien para todo. Que no te van a abandonar, que no volverán a dejarte en el infierno de la soledad, de la miseria. Que saldréis adelante juntos.

Canciones de las que se conoce apenas un estribillo pero que son cantadas como quien agarra fuerte sus creencias, porque forman parte de las oraciones personales, sin ser oraciones, siendo sólo trocitos de canciones.

Canciones que se repiten una y otra vez, porque forman parte de uno mismo, de una misma, de la vida.

CRECER

Tacto de sábanas debajo de la piel, y sobre la piel. Alguien encima. Pero ahí… Alguien te tiene cogido. Alguien te está chupando. Y estás bien. Alguien encima. Es un placer extraño. Es un placer cálido, húmedo. Es prohibidamente hermoso. Es increíble que esto pueda suceder. Qué bien. Estoy soñando. No. No sueño.

Nacio siente un placer muy cálido. Se siente muy bien, como si estuviese haciendo el amor. Ah, magia. Hay mucho amor en ello. Es placer caliente y te contraes, como con el jugo de limón. Pero aquella boca le tiene cogido, y aquella mano… Siente los cabellos de Noelia. Es cálido. Es suave y hay saliva alrededor.

Siente unos cabellos sobre su vientre. Abre los ojos. Y toca con las manos la cabeza de Noelia, y Noelia suelta lo que estaba chupando, y mira a los ojos ya casi abiertos de su chico, que todavía está muy dormido, aunque ha despertado sorprendido, y bastante satisfecho y feliz. Ella sonríe.

—No he podido contenerme.

—Qué traviesa eres, ¿no?

La coge de los brazos y la sube, la incorpora hacia él. Comienzan a darse muchos besitos por todo el cuerpo, embalándose, se besan mucho en la boca. Y juegan con las lenguas húmedas.

Y dejan de pensar. Y se acarician frenéticos. Y más besos, mucho cariño. Y sabores ácidos. Y Noelia despega sus labios de los labios de Nacio. Y se queda mirándole a los ojos.

—Estoy embarazada.

HACER RECUERDOS

Kiko es un buen amigo. Y la verdad es que les enseña secretos sobre la vida en el campo que ellos desconocían. Les enseña saberes sobre cultivos que van aprendiendo con admiración y aplicando según van viviendo.

Kiko estuvo casado. Y como llegó a llevarse fatal con su mujer, se separaron, después de romper algunos platos, como sucede en muchos hogares, y recibir algún que otro aviso y quejas de los vecinos. Y es que eran bastante escandalosos.

Su mujer era inglesa. Se llamaba Annie Smith, y no se consiguió desenvolver, pero que nada bien, en el pueblo de Villa-templada, lo cual mucho la llegó a enfurecer. Entre otras cosas eso hacía que se sintiese muy aislada, y sin apenas complicidad con otras mujeres. Tan solo era amiga de una aprendiz de la carnicería del pueblo, que desde que empezaron las discusiones, ponía muy mala cara a Kiko cuando lo veía pasar montado en la bicicleta repartiendo la correspondencia.

Así pues, lo que, en principio, parecía un amor eterno duró dos años y algunos meses, y "la Señorita Smith", como la llamaban alegremente nuestros chicos, regresó finalmente al Reino Unido. Para Noelia y Nacio es un personaje neurótico, insoportable y repelente que aparece frecuentemente en sus chistes y al que tienen, por eso, algo de aprecio.

"No me seas Señorita Smith", se dicen a veces el uno al otro.